KB216581

마법소녀 복직합니다

마법소녀 복직합니다

초판 1쇄 발행 / 2024년 10월 8일

지은이 / 박서련
펴낸이 / 염종선
책임편집 / 오윤
조판 / 박지현
펴낸곳 / (주)창비
등록 / 1986년 8월 5일 제85호
주소 / 10881 경기도 파주시 회동길 184
전화 / 031-955-3333
팩시밀리 / 영업 031-955-3399 편집 031-955-3400
홈페이지 / www.changbi.com
전자우편 / lit@changbi.com

ⓒ 박서련 2024
ISBN 978-89-364-3966-8 03810

* 이 책 내용의 전부 또는 일부를 재사용하려면
  반드시 저작권자와 창비 양측의 동의를 받아야 합니다.
* 책값은 뒤표지에 표시되어 있습니다.

마법소녀 복직합니다

박서련 소설

차례

지난 이야기

(『마법소녀 은퇴합니다』)

　때는 오래지 않은 시점의 대한민국, 다양한 능력을 지닌 마법소녀가 범죄자를 소탕하고 재난 상황에 처한 시민들을 구조하는 시대. '나'는 이와 무관한 삶을 살아가고 있다. 스물아홉살, 백수, 리볼빙 카드 빚 삼백만원을 감당 못해 마포대교에서 뛰어내리려는 사람. 그런 '나'에게 예언의 마법소녀 '아로아'가 찾아와 달콤한 한마디를 건넨다. 당신은 마법소녀가 될 운명이라고. 그것도 사상 최강, 시간의 마법소녀가!

　마법소녀의 힘을 모아 기후위기에 대응하려는 단체 '전국마법소녀협동조합'은 '나'의 각성을 응원하고, '나' 역시 그 말에 따라 마법소녀의 세계를 탐방하기 시작한다. 그런데 그사이, '나' 아닌 누군가가 진짜 시간의 마법소녀로 각성한다. 하필이면 인류 멸망을 기도하는 소녀 '이미래'가.

사상 최강이자 사상 최악의 마법소녀를 막기 위해 모든 마법 소녀들이 분투하는 절체절명의 순간, 무력하고 나약했던 '나'가 기적적으로 각성해 이미래의 능력을 없애는 데 성공한다. 그러나 '나'의 능력에는 미처 알지 못했던 조건이 있었고, 그로 인해 이미래뿐 아니라 모든 마법소녀가 마법의 힘을 잃고 만다. 이에 책임을 느낀 '나'는 마법소녀 은퇴를 선언한다.

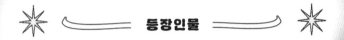

등장인물

전국마법소녀협동조합

일명 전마협. 대한민국의 마법소녀 연대체 중 가장 대표적인 단체로,
조합 추산 국내 삼백여명 마법소녀의 과반이 소속되어 있다.

'나' 교환의 마법소녀. 혹은 소망의 마법소녀, 미지의 마법소녀,
심지어 희생의 마법소녀라고도 불린다. 신용카드 모양의
마구 '블랙카드'를 사용해 소망을 이루고, 그 대가를 지불한다.
전편에서 카드 빚을 갚지 못해 죽으려다 얼결에 마법소녀로
각성했다. 변신 복장은 검은 정장.

연리지 제작의 마법소녀. 전마협의 의장. 한국 최초이자 최고령
마법소녀. 오븐 장갑 모양의 마구를 사용해 각종 마구를
만들고 마법소녀들에게 나누어준다. 온화하지만, 화가 나면
무섭다.

아로아 예언의 마법소녀. 전마협의 간사. 거울 모양의 마구
'아로아미러'를 사용해 미래를 본다. 전편에서 죽으려던 '나'를
찾아와 마법소녀로 스카우트했다. 새하얀 프릴 드레스는 변신
복장이 아니라 사복이다.

최희진 공간의 마법소녀. 줄자 모양의 마구 '판타스틱 레인보우
룰러'를 사용해 공간을 만들거나 넘나든다. 시종일관 건방지고
퉁명스러운 태도의 소유자이지만, 마음은 따뜻할지도……

이미래 시간의 마법소녀. 시간을 멈추고, 늦추고, 앞당긴다. 전편에서 인류를 멸망시키려 했으나 '나'에게 저지당했다. 매우 똑똑하고 영악하다(그리고 무섭다).

배진희 마음의 마법소녀. 마음을 읽거나 기도하듯 손을 모아 텔레파시를 보낸다. 심리상담사로 일하고 있다.

극동마법소녀전진본부

일명 마법소녀 사유화에 반대하는 모임. 세계 유일의 진정한 마법소녀인 '모든 것의 마법소녀'를 숭배하는 집단.

 일명 모든 것의 마법소녀. 극동마법소녀전진본부의 신적인 존재. 능력 미상. 비현실적으로 아름다운 외모의 소유자.

 극동마법소녀전진본부의 안내인. 모든 것의 마법소녀의 측근.

마법소녀
번복합니다

"은퇴라니요?"

전국마법소녀협동조합 의장실 안에 놓인 난초 화분들이 잎줄기를 미세하게 떨었다. 서늘하다 못해 싸늘한 목소리에 놀란 쪽은 내가 아니라 자기들이란 듯이. 나와 아로아를 등진 채 분무기로 난초 잎을 적시던 연리지 의장님이 몸을 홱 돌리며 한마디를 더하셨다.

"그런 것을 허용한 기억은 없습니다."

의장님의 그런 눈빛은 처음이었다. 만약 내가 무사히 나이 들어 할머니가 된다면 의장님처럼 꼿꼿하면서도 다정한 사람이 되고 싶다고 생각해왔는데, 작정하고 노려보

시니 오금이 저려서 눈을 맞출 엄두도 나지 않았다. 과연 국내 최초이자 최고령 마법소녀다운 기세였다. 겁이 났지만, 한편으로는 의장님이 아무리 대단한 분일지라도 나를 혼낼 자격 같은 건 없다는 생각이 들었다.

"지난번에 분명히 말씀드렸는데요, 전마협 간부분들하고 간담회 형식으로 뵈었을 때요. 제 능력은 어떤 대가를 필요로 할지 예상할 수 없다고요. 마법소녀로 활동하기엔 위험 부담이 너무 커요."

떨리는 양손을 힘껏 쥐어 무릎 위에 올려둔 채 준비한 말을 끝까지 하고서, 나는 아로아를 쳐다보았다. 내 옆에 앉아 입술을 꼭 깨물고 고개를 끄덕이는 아로아. 아로아가 함께 와주지 않았다면 나는 의장님이 한마디 하시자마자 기절해버렸겠지.

"그 위험성은 조합에서도 인지하고 있습니다. 하지만……"

의장님은 맞은편 소파에 앉으며 말씀하셨다. 눈빛은 한풀 누그러졌지만 미간은 여전히 찌푸린 상태였다.

"그건 능력이 아직 가다듬어지지 않았다는 뜻이기도

합니다. 능력을 연마할 시간, 능력을 계발해줄 멘토, 어떤 자원이든 조합에서 제공할 수 있어요."

"아니, 저는 그럴 생각이 없다니까요. 저 출근해야 해요. 요즘 알바 두탕 뛰어요."

"경제적인 차원에서의 거절이라면 더더욱 납득할 수 없군요. 조합에서 연계해줄 케이스 사례금이 어지간한 직장 급여보다 나을 텐데요."

그건 이미 알고 있던 사실인데도 새삼스레 흔들리는 내가 싫었다. 나는 왜 이렇게 돈에 약하지? 세차게 고개를 젓고 다시 힘주어 말했다.

"아뇨, 싫어요."

연리지 의장님은 뜻밖이라는 듯 눈을 둥그렇게 뜨셨다. 어딘지 슬퍼 보이는 그 표정이 화난 얼굴보다도 난처해서 나는 눈을 질끈 감고 쏟아내듯 말했다.

"하기 싫어서 안 하는 것 정도는 존중해주셔야 하지 않나요? 제 능력이잖아요. **제 마음**이고요."

이기적이라고 생각하시겠지? 내 능력이니까 내 마음대로만 사용하겠다는 말을. 하지만 내가 하고 싶은 말은 그게 다가 아니었다. 나는 내 능력이 그렇게 마음에 든다면 차라리 의장님이 사용하시는 게 어떻겠냐고 비꼬고 싶은 것을 간신히 참고 있었다. 그도 그럴 것이 내 능력은 의장님처럼 세상에 없던 무언가를 만들어내는 것도 아니고, 아로아처럼 미래를 내다보는 것도 아니고, 무언가를 무작위의 다른 무언가와 바꾸는 것에 불과하니까. 인류를 멸망시키려던 시간의 마법소녀를 교환의 능력으로 저지한 사람은 나였지만, 그 대가로 다른 마법소녀들의 능력을 소멸시키다시피 한 장본인 또한 나였다.

그런 나더러 계속해서 마법소녀 활동을 하라고?

나 때문에 능력을 잃은 마법소녀들 앞에서 블랙카드를, 나의 마구(魔具)를 휘두르란 말인가? 뻔뻔하게도.

"잘 알았습니다."

의장님의 씁쓸한 목소리에 나는 감았던 눈을 떴다. 어? 이렇게 쉽게 물러나실 줄이야. 전마협의 호출을 받고 아로아와 함께 짜낸 예상 시나리오들이 머릿속에서 허무하게 흩어졌다. 긴장이 풀린 나는 하마터면 죄송합니다, 혹은 감사합니다 같은 말을 엎질러버릴 뻔했다. 당연히 내

뜻대로 되어야 할 일에 죄송은 무슨 죄송, 감사는 개코가 감사인데도.

"하지만 조합에서도 완전히 양보할 수는 없다는 사실을 이해해주면 고맙겠어요."

의장님의 이어진 말씀에 나는 다시 주먹을 단단히 쥐었다. 그럼 그렇지, 의장님의 고집에 대해선 이미 아로아에게 들을 만큼 들어 알고 있었다. 자랑은 아니지만 나 역시 할아버지를 두손 두발 다 들게 했던 고집불통인지라 물러날 생각은 조금도 들지 않았다.

"현재 전마협을 지킬 수 있는 마법소녀가 한 사람도 없다는 점을 고려해주었으면 합니다."

그 말씀을 듣자 정신이 번쩍 들었다. 아, 그렇지. 시간의 마법소녀와 결전을 치르면서 마법소녀라는 존재는 단숨에 멸종위기종이 되었다. 마법소녀들의 힘이 건재하던 때에는 사고 및 재난 시 구명활동뿐 아니라 범죄자 소탕도 전마협의 주된 소임이었다. 전마협에 앙심을 품은 범죄 조직 등이 복수라도 하려 들면 당해낼 재간이 없다는 의미였다. 나를 마법소녀의 세계로 이끈 아로아만 해도 이제는 신기할 만큼 촉이 예리한 사람에 불과할 뿐이라고 했으니까.

"계속해서 활동해달라고 할 만큼 낯이 두껍진 않습니다. 새로운 마법소녀들을 영입하거나 세력을 어느 정도 회복할 때까지만이라도 사정을 봐달라는 부탁이에요. 그 정도라면…… 괜찮지 않나요?"

의장님이 부탁이라는 말까지 입에 올리시자 마음이 약해졌다. 어쩌죠, 이건 우리 작전하고 좀 다른 것 같아요. 그런 마음을 담아 옆으로 눈길을 돌리니 아로아가 하얗게 질리도록 깨물고 있던 입술을 열었다.

"실은 저도 부탁드리고 싶어요."

부탁이라니, 나한테? 아니면 의장님한테?

"대부분의 마법소녀가 힘을 잃었다는 사실은 이미 널리 알려진 상태예요. 전마협이 존폐의 기로에 서 있다는 거죠. 인류의 위기에 대응할 문제의식의 차원에서는 여전히 존재 의의가 뚜렷한데도 말이에요."

이럴 수가. 의장님한테 가서 뭐라고 말씀드릴지 나하고 머리를 모아 작전을 짜던 동안에 아로아는 사실 이런 생각을 하고 있었구나.

"그러니까 부탁드릴게요. 전마협을, 우리를 지켜주세요. 새로운 마법소녀를 찾을 때까지만이라도."

나는 약간의 배신감을 느꼈지만, 동시에 굳게 세우고 있던 마음의 방어선이 와르르 허물어지는 것도 느꼈다. 아로아까지 합세한 마당에 더 고집을 피울 수는 없었다. 아로아의 말은, 자기를 지켜달라는 것이었으니까. 아로아가 아니었다면 나는 지금처럼 전마협 의장실 소파에 앉아 뭐라도 된 양 부탁을 들어줄지 말지 고민할 입장도 되지 못했을 테니까. 이렇게 거들먹거리긴커녕, 나는 이때까지 살아 있지 못했을지도 모른다.

아로아가 나를 구해주지 않았다면.

"알았어요."

나는 한참만에 간신히 대답했다. 마음을 정하고서도 어쩐지 입이 쉽게 떨어지지 않아서였다. 아로아는 가볍고 높은 탄성을 내지르며 내 어깨를 껴안았고 의장님은 긴 한숨을 내쉬며 소파 등받이에 깊이 기댔다.

"제가 뭘 할 수 있을지는 모르겠어요. 예를 들어 나쁜 사람에게 초강력 펀치를 먹이려고 했는데, 그 소망이 이루어진 직후에 손가락뼈가 다 부러지면 어떡하죠? 손가락이 나았으면 좋겠다고 생각했더니 발가락이 부러지면 어떡하죠. 그런 식으로는 싸울 수 없잖아요. 단숨에 필살기를 날릴 수는 있겠지만, 그걸로 적을 처치하지 못하면 내 발에 내가 걸려 넘어지는 셈이 돼요."

나는 뒤늦은 걱정을 늘어놓았다. 일단 은퇴를 번복하고 나니 그제서야 내 진심을 들여다볼 수 있게 된 것 같았다. 나는 마법소녀가 되기 싫은 게 아니라, 내 능력이 별로라고 생각하는 게 아니라, 내 능력이 무엇을 필요로 하는지 정확히 알 수 없다는 점을 무서워하는 거였다.

"이제 그 능력을 컨트롤할 방법을 찾아봅시다. 분명 조합이 도움을 줄 수 있는 부분이에요. 당장은 능력 있는 마법소녀가 없는 형편이지만, 누적된 경험이 있으니까요."

의장님은 인자하면서도 위엄 있는 태도로 말씀하셨다. 나는 여유 없는 박자로 대충 고개를 끄덕였다. 부탁을 들어주는 쪽은 나인데 왜 내가 더 자신 없는 태도일까, 부끄러웠지만 몸에 밴 소심함을 떨치기는 아무래도 어려웠다.

"고마워요."

"고맙습니다."

아로아와 의장님이 연달아 인사하며 내 양손을 나눠 쥐었다. 기대받는 몸이 되는 건 정말 이상한 경험이구나. 나는 아로아와 의장님 모두를 향해서 공평하게 고개를 숙이며(여러번 끄덕거리자니 왠지 굽신굽신 비굴해지는 느낌이었다) 자리에서 일어났다.

전국마법소녀협동조합 명패가 달린 건물을 나오면서 아로아는 웃었다. 왜 웃어요, 하고 물으니 아로아는 몇번인가 말을 피하다가 대답했다.

"부탁, 들어줄 줄 알았거든요."

아로아는 정말 예언 능력을 잃어버린 것일까? 나는 미심쩍은 마음을 떨치지 못한 채 콧노래를 부르며 앞서가는 아로아의 뒤를 따랐다.

*

다음 날부터 훈련이 시작되었다. 내가 은퇴를 번복할

거란 사실을 미리 알고 있기라도 했던 것처럼 곧바로. 전마협 건물 지하로 내려가니 굳게 닫힌 철문에 '임시 훈련실'이라 적힌 종이가 붙어 있었다. A4용지를 가로로 눕혀 그야말로 임시로 붙여놓은 그 종이는 이응과 히읗을 구별하기 어려운 악필로 보아 아로아의 솜씨 같았다.

"어이, 민간인."

훈련실 안에는 격투기 경기장처럼 생긴 사각의 링이 있었고 그 위에는 반가운 듯 안 반가운 듯 무심히 손을 흔드는 최희진도 있었다.

"아닌가, 이제 내가 민간인이지. 능력만 놓고 보면."

링 모서리의 기둥 위에 앉아 있던 최희진이 날렵한 고양이처럼 뛰어내렸다.

"그땐 잘난 척해서 미안. 민망하네, 이제 보니까. 사람이 역시 겸손해야 하나봐."

그때라면 언제를 말하는 거지, 히드로공항에서 테러리스트 진압 작전을 펼쳤을 때? 아니면 시간의 마법소녀를 저지하려 했을 때? 굳이 언제라고 짚을 필요도 없이 최희진은 마주칠 때마다 나를 민간인이라고 불렀지만 그건 딱히 틀린 말이 아니었다. 나는 전마협에 정식으로 가입하지 않았고, 시간의 마법소녀와 최후 결전을 벌이는 동안에도 능력을 각성시키지 못한 상태였으니까.

"괜찮아요."

그래서 나는 진심으로 괜찮았는데, 내가 작은 소리로 건넨 말에 최희진은 짜증스럽게 머리를 벅벅 긁었다.

"언니, 원래 그런 성격이야? 적하고 마주쳤을 때도 그럴 거야?"

"희진씨는 적이 아니잖아요."

"트레이닝 상황에선 적이라고 생각해야지."

"트레이닝도 말 그대로 트레이닝이지, 희진씨가 진짜 적은 아닌 거…… 아닌가요."

"됐다, 말을 말자. 일단 올라와봐. 할 줄 아는 거 있으면 해보고."

나는 링 위에 서 있는 최희진을 멀거니 올려다보다가 링 바닥을 양손으로 짚고 펄쩍 뛰어보았다. 내 명치보다 높은 링 위에 오르려니 점프 한번으로는 다리 한쪽 걸치기도 버거웠다. 최희진은 혀를 끌끌 차며 링의 다른 쪽 면을 가리켰다. 그쪽으로 돌아가보니 링 위로 올라가는 계단이 있었다. 이런 게 있으면 진작 좀 말해주지, 민망하게 보고만 있으면 어떡해. 나는 붉어진 얼굴로 링을 둘러싼 로프 하나를 밀어올리고(보기보다 잘 늘어나지 않아서 얼굴이 더 시뻘게졌다) 최희진이 기다리는 링 안으로 들어갔다.

"참, 언니 내 마구 본 적 있나?"

최희진은 주머니에서 네모난 물건을 꺼내 보여주며 말했다. 빨간색 몸통 한가운데에 무지개색으로 빛나는 무한대 모양 단추가 튀어나와 있는 물건이었는데, 블랙카드나 아로아미러와 마찬가지로 손안에 쏙 들어오는 크기였다. 최희진은 그 물건 끄트머리에 달린 작은 마개 같은 것을 망설임 없이 잡아당겼다. 은색의 금속성 리본이 최희진의 오른손을 따라 죽 끌려나와 팽팽해졌다. 아, 줄자구나. 공간의 마법소녀에게 어울리는 마구네.

"이름하여 판타스틱 레인보우 룰러."

나는 풋 웃음을 터뜨렸다. 전마협 소속 마법소녀가 지니고 있는 마구라면 연리지 의장님이 만들어주신 것이겠지? 그렇지만 의장님이 명칭까지 붙여주지는 않는다, 적어도 내가 아는 한은. 그렇다면 그 이름을 지은 사람은 최희진 본인이겠지. 늘 호전적이고 약간은 무례한 최희진이 자기 마구에 딱 어울리는 이름을 한참 고민하다가 그런…… 화려하다 못해 좀 유치하기까지 한 이름을 떠올렸을 거라 상상하니 아무래도 웃겼다.

"재밌어?"

최희진이 판타스틱 레인보우 룰러의 단추를 누르며 물었다. 뽑혀나왔던 리본이 탁 소리와 함께 감겨들어갔다.

"뭐가 재밌어?"

"아니에요."

아닌 게 아니었지만 곧이곧대로 네, 너무 웃겨요라고 말할 용기는 없어서 필사적으로 손을 내저었다. 최희진은 리본의 끄트머리를 잡고 요요처럼 풀었다 감아쥐기를 반복하며 목을 두어바퀴 크게 돌렸다. 본격적으로 싸우기 전에 몸부터 풀어야겠다는 듯.

"내가 사람을 잘못 봤나봐, 언니. 이제 보니까 도발에 소질이 있네. 완전 있어. 이대로 붙어보자. 나 좀 열받았거든."

"웃어서 죄송해요. 그런 게 아니라."

"아니긴 뭐가 아니야? 내 마구 이름 듣고 웃은 거 언니가 처음도 아니야. 선빵은 양보할 테니까 들어와봐."

마법소녀의
특별훈련

최희진은 엄지손가락으로 판타스틱 레인보우 룰러를 꾹 눌러쥔 채 나머지 네손가락으로 내게 까닥까닥 손짓했다. 나는 꼭…… 수업시간에 쪽지를 보다가 들킨 중학생이라도 된 듯한 기분이었다. 그렇게 재밌으면 갖고 나와서 선생님이랑 같이 보자, 그런 말을 듣고 얼굴도 몸도 굳어버린 느낌.

"아이, 뭐가 그렇게 무서워? 나 이제 별 능력도 없는데."

듣고 보니 그랬다. 내가 최희진을 두려워할 이유는 별로 없었다. 정확히 말하자면 최희진이 능력을 잃었기 때문이 아니라 내게 능력이 있기 때문이었지만. 내게는 공간의 마법소녀 최희진도 이길 수 없었던 시간의 마법소녀 이미래를 꺾은 능력이 있었다. 그러니 설령 최희진의 능력이 예전 그대로라 해도 주눅 들 것은 없었다. 무엇보다 지금은 서로 목숨을 걸고 대치하는 상황이 아니라 모의 전투 훈련, 어디까지나 내 능력을 계발하기 위한 트레이닝을 하는 상황일 뿐이기도 했다.

"아님 내가 너무 만만해서 그러나? 언니한테 제대로 맞으면 나 죽을까봐?"

그런 생각을 전혀 안 했다면 거짓말이겠지. 그렇지만 눈치 없이 고개를 끄덕일 수는 없었다.

"나 그래도 얼마 전까지는 전마협 에이스였거든, 너무 무시하진 말아줄래?"

"그럼…… 잘 부탁드려요."

"참 내, 그래그래. 많이 부탁하세요."

나는 주머니에서 나의 마구, 블랙카드를 꺼내들었다. 바라는 바는 간단했다. 최희진이 돌아서게 해줘, 나를 못 보게. 블랙카드의 마법 시전 속도는 내 생각의 속도와 크게 다르지 않았다. 문제는 최희진이 돌아서는 순간, 나와 최희진의 위치가 바뀌는 현상도 동시에 일어났다는 점. 게다가 나까지 돌아서게 바뀐 바람에 결국 최희진과 나는 자리만 바뀌었을 뿐 여전히 마주보는 상태였다.

"지금 뭐 한 거야?"

"어…… 그게요."

"아냐, 됐어. 일단 내 시야 바깥으로 나가려고 한 거지?"

"맞아요."

"언니 능력이 뭐랑 뭘 바꾸는 거라고 들었는데. 마구가 바람을 이뤄주기는 했는데 그 대가로 의도와 상관없는 현상도 하나 덤으로 얹어준 거네."

"그런 것 같아요."

지금 뭘 한 거냐고 물은 이유는 시비를 걸려던 게 아니라 내 공격의 의미를 파악하려던 거였구나. 나는 최희진을 공격해야 하는 상황이었던 것도 잠시 잊고 크게 고개를 끄덕였다.

"알겠다. 확실히 어떻게 써먹을지 연구가 좀 필요하겠네. 그나저나 언니, 첫 공격 기회를 그런 식으로 낭비하면 안 돼."

최희진은 판타스틱 레인보우 룰러의 리본을 길게 뽑아 펼치며 말했다.

　"상대랑 자기 전투력도 잘 모르는 상태인데 무조건 유효타 먹일 생각을 해야지. 시야 바깥에서 연계 공격 넣을 생각이었던 건 알겠어. 그렇게 나쁘진 않은 접근 방식이야. 아무튼 그럼 이제 내가 공격, 언니가 방어."

　아, 그렇지. 나만 일방적으로 공격하란 법은 없지. 그 생각을 하니 다시 더럭 겁이 났다. 자칭이긴 하지만 전마협 에이스라는 사람의 공격을 정면으로 받아내야 한다니. 최희진의 말대로 첫 공격 기회를 허비해버린 게 쓰라리게 후회됐다. 양팔을 T자로 세워 머리를 가리자 최희진이 언성을 높였다.

　"그렇게 말고! 능력을 쓰라고."

　최희진은 판타스틱 레인보우 룰러에서 뽑아낸 리본을 채찍처럼 휘두르며 링 바닥을 탕탕 두드렸다. 맞아. 마구가 있었지. 나는 기도하듯 손을 모아 양 손바닥 가운데에 낀 블랙카드의 감각에 신경을 집중했다.

　"간다!"

길게 늘어난 최희진의 리본이 순식간에 시야 한가운데를 찔러왔다.

저걸로 맞는 건 죽기보다 싫어!

순간 뇌리를 스친 생각은 바로 그거였다. 최희진의 마구에 화려하게 얻어맞느니 죽는 게 나을 것 같다는 생각. 그건 내가 스스로 한 생각이라기보다 누군가 귓가에 속삭여주기라도 한 것처럼 떠오른 생각이었기 때문에 통제할 수 없었다. 곧 오싹한 감각이 전신을 감쌌다. 아무리 무의식이라지만 왜 그런 생각을 한 거야? 언제나 대가를 필요로 하는 내 능력이, 공격을 막아주는 대신 진짜로 목숨을 빼앗아가면 어쩌려고.

나는 나도 모르게 양팔로 머리를 가리며 몸을 옹송그렸다. 하지만 다행히 나는 죽지 않았고, 금방이라도 쇄도할 것 같았던 최희진의 공격도 어쩐지 내게 전혀 닿지 않고 있었다.

"이번엔 또 뭘 한 거야?"

최희진이 비꼬는 듯한 기색 없이 담백하게 물었다. 내가 뭘 했나? 최희진이 뭘 안 한 게 아니고? 겁에 질려 찡그리고 있던 눈을 제대로 뜨고 보니 최희진의 손에서 마구가 사라져 있었다. 설마 내가 또, 최희진의 능력을 없애버린 걸로 모자라 마구까지 또?

"무슨 생각 하는지 대충 알겠는데 내 마구 거기 있어."

최희진이 가리킨 내 오른손에는 판타스틱 레인보우 룰러가 쥐여 있었다. 아, 내가 이걸로 맞기 싫다고 생각했기 때문에…… 그 도구를 압수한 거구나.

"언니 마구는 여기 있고."

그건 그리 놀랍지 않은 결과였다. 상대방의 무기를 빼앗은 대신 내 무기를 상대방에게 준 것일 테지. 다행이다. 맞는 게 죽기보다 싫다고 생각했는데도 죽지 않아서. 방어 한번과 맞바꾸기엔 생명의 가치가 지나치게 크므로 합당한 계산처럼 느껴졌다. 최희진은 검지와 중지 사이에 블랙카드를 끼우고 까닥까닥 흔들며 말했다.

"일단 나쁜 점. 잠재력은 몰라도 전투 경험치는 언니보다 내가 더 많지? 맨손 대 맨손으로 싸우면 어느 쪽이 더 셀 것 같아?"

"희진씨요."

최희진이 먼저 내게 블랙카드를 내밀었고 나도 판타스틱 레인보우 룰러를 돌려주며 침울하게 대꾸했다.

"너무 주눅 들지는 마. 시도 자체는 좋았어. 방어해보라고 해서 효과적인 방어를 한 거 아냐? 연계 공격을 할 수단을 잃은 건 영 안 좋지만. 상대방은 무장해제를 시키고 내 무장은 해제되지 않게 하는 방법을 찾아야겠지?"

최희진은 몸을 숙여 체조선수처럼 유연하게 로프 사이를 빠져나가더니 링 바깥으로 가볍게 뛰어내렸다.

"일단 오늘은 여기까지 하자."

"벌써요? 서로 공격 한번씩밖에 안 했는데……"

"이게 **실제 상황**이었으면 언니는 마구 내준 순간 끝났어. 그리고 언니는 아직 능력 사용법을 잘 모르니까 이대로 계속하기보다 오늘 사용한 능력 복기해보는 게 더 발전적일 테고. 그건 저 언니가 도와주겠지."

최희진은 턱짓으로 훈련실 출입구 쪽을 가리켰다. 어느샌가 들어와 있던 아로아가 손을 힘껏 흔들었다. 아로아가 다 보고 있었던 걸까? 시작부터 종료까지 채 오분도 걸리지 않은 것 같은, 내 한심한 첫 모의 전투 훈련을.

"그리고 언니, 말을 좀 당당하게 해. 누가 잡아먹는대?"

훈련실을 떠나기 직전 최희진은 마지막으로 목청을 높여 말했다.

*

만화 속 주인공들은 왜 다들 늦잠을 자는지 궁금해한 적이 있다. 그것도 꼭 첫 화부터 그러더라. 첫 화에서는 아무래도 중요한 사건이 시작되기 마련인데, 중요한 일을 앞두고 왜 늦잠을 자느냐는 거다. 그렇게 피곤하게 사는 것처럼 보이지도 않는데.

오분 간격으로 설정해둔 여섯개의 알람 중 마지막 것을 듣고 소리 없는 비명을 지르며 깨어났을 때, 바로 이 생각이 머리를 스쳤다. 그러니까 나는 늦잠을 자도 괜찮다는 생각. 늦잠을 자도 이상하지 않을 만큼 피곤하게 살고 있고, 내게는 누군가의 생명이나 우리 행성의 운명같이 중요하거나 거창한 게 달려 있지 않으니까(적어도 당장은).

전마협에서 제공하는 마법소녀 심리상담에 가기로 한

첫날이었다. 조금이라도 더 누워 있고 싶었으나 만화 속 주인공이 아닌 이상 늑장을 피울 수 없다는 사실을 받아들여야 했다. 만화 속에서는 잠이 덜 깬 주인공이 양치하고 옷에 팔다리를 꿰고 간단한 아침을 물고 달려나가는 데에 오초도 소요되지 않지만, 내가 그 모든 일을 하는 데에는 몇십배, 몇백배에 달하는 시간이 드니까. 게다가 내 약속이 우리 행성의 운명만큼 중요하지는 않더라도, 적어도 나 한 사람의 신용은 거기에 달려 있다. 그리고 나는, 나만큼은 나의 신용이 행성 전체의 운명보다 덜 중요하다 말할 수 없었다.

하필이면 오전 단수가 예정된 날이었다. 단수가 시작되기 전에 씻든, 목욕탕에 가서 씻든 아홉시 전에는 일어나야 약속시간을 안전하게 사수할 수 있었다. 생수로 이만 닦고 나가는 건…… 좀 그렇겠지? 그래도 여름인데. 나는 티셔츠에 코를 박고 숨을 크게 들이쉬었다. 들큼짭짤한 체취가 내 냄새인데도 별로였다.

기왕 목욕탕에 갈 거라면 몸도 좀 느긋하게 불리고 이삼십분만이라도 집중해서 때를 밀고 싶었지만 정확히 그만큼의 시간을 잠에 썼기 때문에 불평할 수 없었다. 목적지까지는 지하철과 도보로 총 삼십분이고 씻는 데에 이십분, 목욕탕과 집을 오가는 시간도 최소 십분은 잡아야 할 텐데, 지하철역에 도착하자마자 지하철을 타지 못하면 지각 확정이었다.

캡모자를 잡히는 대로 눌러쓰고 어디서 났는지도 기억나지 않는 낡은 에코백을 겨드랑이에 낀 채 집을 나섰다. 어차피 느긋한 목욕이 물건너갔다면 번거롭게 목욕용품 바구니를 들고 왔다 갔다 하는 것보다 목욕탕에서 파는 일회용 목욕용품을 쓰는 게 나을 것 같아서였다. 그러면 지하철을 좀 오래 기다리게 되더라도 지각을 면할 가능성이 높아지니까.

이래서 사람들이 시간은 돈이라고 하는 거구나.

뻔한 깨달음을 입안에서 웅얼거리며 반지하 계단을 오르다 집주인과 마주쳤다. 방 하나가 공실이 되었는지, 우리 건물에 살지도 않는 집주인이 부쩍 자주 출몰하고 있었다.

"어머머, 101호 처녀."

나는 양치를 하지 않은 것이 신경 쓰여 입을 가리고 인사했다.

"아, 네, 안녕하세요."

"요즘 바빠? 돈 좀 버나봐?"

갑자기요? 임대인, 임차인일 뿐 별로 잘 알지도 못하는 사이에 불쑥 이렇게 묻는다고? 나는 예의상 걸친 미소를 거두지 못한 채 예? 하고 되물었다. 집주인은 팔꿈치로 내 옆구리를 쿡 찌르며(나라면 다른 사람한테 절대로 하지 못할 행동인데) 말했다.

"내가 처녀 걱정 얼마나 많이 했게. 혼자 사는 거 뻔히 아는데도 못 챙겨줘서 늘 맘에 걸렸는데, 요즘 젊은 사람들은 오지랖 넓은 거 별로라고들 하잖아."

집주인은 자기가 눈치 있게 배려해준 것을 잘 알았냐는 듯 한쪽 눈을 찡긋거렸다. 정말 배려심이 있다면 굳이 하지 않을 말 같았지만, 못 들어줄 정도는 아니었다. 그보다 참기 힘든 점은 안 그래도 시간이 촉박한 마당에 집주인이 계단을 막고 서 있다는 사실이었다.

"저, 그런데 제가 지금 좀 급해서요."

나는 입을 가린 채 말을 마치고 시계를 차지 않은 왼쪽 팔등을 손가락으로 가리켰다.

"어머머, 일하러 가?"

"아니요. 개인적인."

나는 집주인이 **개인적**이라는 말의 뜻을 알기를 바라며 말끝을 흐렸다.

"그래그래, 연애하나보네. 연애도 좋지."

또 호들갑스레 윙크를 해 보인 것으로 미루어 집주인은 뭔가 단단히 잘못 생각하고 있는 게 분명했지만, 사소한 오해를 바로잡을 겨를도 없었다(솔직히 더는 말을 섞고 싶지 않기도 했다).

빌라 공동현관 유리문을 힘차게 밀고 나와서 모자를 벗었다. 벗어든 모자 속에는 작고 검은 플라스틱 조각이 들어 있었다. 블랙카드. 주인인 내가 어디에 가든 스리슬쩍 따라오고, 결코 상실되지 않으며, 어떤 소원이든 이루어주는 나의 마구.

왜 그 생각을 못했지? 내 능력이라면 지체 없이 방금 씻고 나온 듯 깨끗한 몸이 될 수 있는데. 블랙카드는 그보다 훨씬 더 큰, 거의 불가능하게 여겨지는 소원도 얼마든 들어줄 수 있었다. 하지만 그만큼 위험성도 크다는 사실을 간과할 수 없었다. 소망의 대가로 무엇을 앗아갈지 알 수 없다는 것. 피부를 깨끗하게 만들어달라고 했는데 피부를 홀랑 벗겨버리면? 온몸의 체모를 전부 제거해버리면?

나는 블랙카드를 주머니에 넣고 다시 모자를 썼다. 집주인과 마주치는 바람에 기껏 벌어놓은 여분의 시간을 이미 꽤나 허비한 참이었다.

마법소녀답지
못한
일

"늦어서 죄송합니다."

상담센터에 도착했을 때는 예약시간으로부터 삼분이 지나 있었다. 안내 데스크에서 바로 상담실에 들어가면 된다는 안내를 받아 숨을 헐떡거리며 문을 박차고 들어가니, 두 사람이 나를 빤히 쳐다보았다. 한명은 상담사이자 마음의 마법소녀 배진희 선생님이었고, 내가 앉아야 할 자리에 앉아 있는 다른 한명은……

이미래였다.

사상 최강의 마법소녀, 시간의 마법소녀였지만 능력을 잃은 아이. 얼굴을 절반 넘게 가리는 커다란 마스크를 썼어도 알 수 있었다. 뭘 봐? 꺼져,라고 말하는 듯한 건방진 눈빛. 어이가 없었다. 엄연히 예약되어 있는 내 상담시간을 침해하고 있는 건 바로 자기인데 나를 그렇게 노려보다니. 한편으론 오금이 저리기도 했다. 시간의 능력을 이용해 전 인류를 멸망시키려던 이미래를 저지하고 그 능력을 몰수한 장본인이 바로 나라서. 내가 이미래라도 나를 원망하고 있을 것 같아서 무안하고 무서웠다.

"금방 끝나니 잠시만 기다려주세요."

선생님이 몹시 미안해하시기도 하고, 이럴 줄 알았으면 천천히 왔어도 괜찮았겠네 싶은 생각에 뭔지 모를 것이 아까워지기도 해서 조금 마음이 복잡해진 채로 대기실에 나와 앉았다. 이미래가 전마협의 보호를 받고 있다는 사실은 알고 있었지만, 직접 마주친 것은 그날 이후 처음이었다. 설마하니 저애도 조합에서 제공하는 심리상담을 받을 줄이야. 조합에 조금 원망스러운 마음이 들었다. 피차 마주치지 않게 해주는 게 나한테도, 쟤한테도 좋지 않나?

지금 도망치는 게 좋을까?

아냐, 그럴 것까지는. 보통 여자애야. 그게 내가 소망했던 거잖아, 저애가 더는 시간의 마법소녀가 아니게 해달라는 거. 도망이라니 말도 안 돼. 서른살 가까이 먹은 주제에 스무살도 안 된 보통 여자애가 무서워서 피하는 사람이 될 수는 없어…… 하지만 불안하게 두근거리는 가슴은 내 뜻대로 제어할 수 없었다.

잠시 후에 이미래가 상담실에서 나왔다. 인사……를 나눌 사이는 아니지, 아마? 그렇게 생각했으나 뜻밖에도 이미래가 먼저 꾸벅 묵례를 했다. 나는 내 뒤에 아무도 없다는 것을 알면서도, 그러니까 이미래가 인사를 건넨 대상은 분명 나라는 사실을 알면서도 혹시나 싶어 뒤를 돌아본 후에야 답인사를 했다. 어른답지 못하게 구는 쪽은 나구나. 저애가 나보다 훨씬 어린데.

"오랜만이죠. 어째, 잘 지내셨나요?"

상담실 안으로 들어가자 배진희 선생님은 키보드를 두드리느라 바쁜 상태 그대로 가벼운 인사를 건네왔다. 선생님 또한 이미래와 결전을 벌이던 현장에 있었다는 사실을 떠올리니 한결 마음이 편해졌다.

"나름 잘 지냈는데……"

그러다가 **쟤**를 봤네요. 차마 그렇게 말할 수는 없었지만, 그런 생각이 불쑥 드는 것 역시 막을 수 없었다.

"이미래씨를 보고 당황하셨지요? 서로 불편하지 않게 예약시간 안배를 신경 써두었는데 오늘은 아침부터 응급상황이 발생해서요. 제가 대신 사과를 드려야겠군요."

선생님은 키보드에서 손을 거두고 자세를 바로잡으며 말씀하셨다. 아니, 선생님은 어떻게 알았지? 내가 이미래를 신경 쓰고 있다는 걸. 우선 깜짝 놀란 다음 곰곰 다시 생각해보니, 그건 방금 벌어진 상황에 응당한 사과일 뿐이었다. 선생님이 텔레파시 능력자였다는 사실과 별개로, 사람의 마음을 읽지 않고도 충분히 할 수 있는 사과.

"상담센터에 응급상황이 웬 말이냐고 생각하실 수도 있겠네요. 이건 다른 내담자에 대한 얘기라기보다 일반론이라서 귀띔해두자면, 이쪽에선 심한 자해 충동이나 자살 사고 등을 응급상황으로 분류해요."

이번에야말로 마음을 읽힌 것 같았다. 그럼 응급실에 갈 것이지 왜 상담센터를 찾아온담, 하고 심드렁하게 생각하고 있었기 때문에. 이미래에게 미안한 마음과 동시에 동질감이 들었다. 얼마 전까지 나 역시도 진지하게 죽어야겠다고 생각하고 있었으니까. 그때 나는 마포대교에 갈 게 아니라 상담센터나 신경정신과를 찾았어야 했던 거구나, 하는 깨달음도 뒤따랐다. 돈 때문에 죽으려 했으니 비용도 엄두를 못 냈을 가능성이 크지만.

"저, 선생님. 상담하고는 상관없는 질문을 드려도 괜찮을까요."

"얼마든지요."

"선생님에게는 마법소녀의 능력이 얼마나 남아 있나요?"

내 물음에 선생님은 안경을 벗고 눈자위를 꾹꾹 마사지하기 시작했다.

"그렇게 개인적인 질문일 줄은 몰랐는데."

"죄송해요. 개인적인 질문이라고 생각 못 했어요."

"사과하지 않으셔도 괜찮아요. 아까 상담실 들어올 때에도 늦었다고 사과했죠? 조금 늦은 건 사실이지만, 사과할 게 아니라 사과받을 상황에 가까웠잖아요. 사과도 습관이 될 수 있어요. 사과하기 전에 정말 사과가 필요한 경우인지 생각해보셨으면 해요. 정말 미안한 건지, 아니면 그냥 내가 사과하고 끝내는 게 편해, 나는 그게 더 쉬워,라는 마음가짐인지."

들고 보니 정말 그랬다. 언제부턴가 감당하기 힘든 상황에 부딪히면 내 사과로 수습할 수 있길 바라면서 허겁지겁 사과하는 게 습관이 된 것 같았다. 내가 사과하고 끝내는 게 편해,라는 것은 실제로 내가 자주 하는 생각이었다.

"마법소녀로서의 능력은 이제 거의 없다고 봐야 할 것 같아요. 능력이 있었을 때는 마음을 직접 읽는 것뿐 아니라 어떤 사람이 마음속으로 그린 이미지, 즉 심상을 현실로 현상하거나 누군가의 마음을 여과 없이 다른 사람에게 전달하는 것도 가능했어요. 지금도 대화 상대의 의중을 파악하는 것 정도는 보통 사람보다 잘하지만, 그건 마법소녀의 능력이라기보다 직관이랄까, 느낌의 영역에서 하는 일이에요. 만약 제게 아직 능력이 있는 것처럼 보인다면 그건 제가 저의 직무를 잘 수행하고 있다는 뜻이겠죠. 제 능력은 본업과 긴밀한 관계를 가지고 있었으니까."

이 순간만큼은 선생님이 상담자로서가 아니라 마법소

녀 연대체의 구성원으로서, 나와 동등한 입장에서 이야기하고 있는 것 같다는 생각이 들었다. 그래서 나는 사과하고 싶었다. 이미래의 가공할 능력을 몰수하기 위해 내가 대가로 지불한 건 모든 마법소녀의 능력이었으니까. 내게 그럴 의도가 없었다고 하더라도(실제로 없었다) 어쨌든 그건 내가 사과해야 할 일 같았다. 내가 아니면 도대체 누가? 그 일을 한 건, 저질러버린 건 다름 아닌 난데. 게다가 다른 마법소녀들과 달리 나는 능력이 그대로 남아 있었다.

"저는 지금이 좋아요. 정확히는, 지금도 좋아요. 마법소녀, 또는 한때 마법소녀였던 사람들에게는 보통 사람들과 다른 종류의 정신적 외상들이 있어서 전담 프로그램이 꼭 필요했어요. 제가 해야 할 일, 진작 시작했어야 했던 일이라고 생각해요. 그러니까 행여라도 사과할 생각은 하지 마세요. 솔직히, 온 인류를 구해주고서도 미안한 마음이 든다면 상태가 조금 심각한 거예요."

또다시 마음을 읽힌 나는 입을 벌린 채 고개를 끄덕일 수밖에 없었다. 아로아를 보고서도 했던 생각이지만, 선생님은 정말 능력을 잃어버린 걸까? 신기하면서도 미심쩍었다.

*

상담이 끝난 직후에는 후련하고 왠지 충일한 느낌이 들기도 했지만, 의자에서 일어나 문까지 걸어가는 동안에 한발짝 한발짝 새로운 불안이 샘솟았다. 이 문 밖에서, 혹은 이 상담센터가 있는 건물 밖에서 이미래가 나를 기다리고 있는 게 아닐까. 이제 시간의 능력은 없겠지만, 나를 때린다든지 흉기를 들이대며 협박한다든지 하는 정도는 굳이 마법소녀가 아니어도 누구나 할 수 있는 일이잖아. 만약 이미래가, 내가 이 상담센터에 올 걸 미리 알고 있었던 거라면.

하지만 상담실의 문을 나서도 이미래는 없었고, 나는 상담실에 들어가기 전과 별반 다르지 않은 나로 돌아온 것 같은 기분이 들었다.

그래, 이건 다 내 마음이 만든 불안이야.

이미래는 그렇게까지 나쁜 사람이 아니야(비록 인류 멸망을 기도하긴 했지만). 그리고 선생님도 분명 말했잖아, 나는 사과해야 할 만큼 잘못하지 않았다고. 사과할 만큼의 잘못이라는 건 벌받을 만큼의 잘못. 사과를 남발하는 사람이라는 건, 벌받는 걸 그만큼 무서워하는 사람이라는 뜻도 된다. 나는 미안한 게 아니라 겁이 많은 거고, 이미래가 복수를 결심할 만큼 나를 미워한다고 생각하는 거다. 내가 미움받는 건, 벌을 받는 건 당연한 일이라고. 그래서 자꾸 사과를 하게 되는 거라고.

건물 밖에도 이미래는 없었다.

내가 또 지나친 생각을 했네. 머쓱해진 마음으로 지하철을 탔다. 아로아를 만나 점심을 먹고 지난 훈련 내용을 복기하기로 했다. 약속시간보다 오분쯤 일찍 전마협 건물에 당도했는데 아로아가 먼저 와 기다리고 있었다. 우리는 의장님이 추천한 인근 맛집에서 콩국수를 사먹고(극구 사양했지만 결국 아로아가 계산했다) 훈련실 링 로프에 나란히 기대앉아 아로아가 촬영한 나의 첫 훈련 영상을 봤다.

"희진씨하고 붙어봤으니 알 거예요. 모든 마법소녀의 능력이 전부 사라진 건 아니라는 사실. 개인차가 있지만 평균적으로 기존 마력의 십퍼센트 정도씩이 잔존한 걸로 추정돼요. 비유하자면 주식이 폭락한 상태랑 비슷할 거예요. 십만원은 만원이 되고, 백만원은 십만원이 된 거죠. 참고로 희진씨는 조합의 자체 기준에서 최상급 마력을 갖고 있었고요."

그렇다면 최희진은 여전히 유의미한 전투력을 지닌 마법소녀라는 거구나. 그럼 나는 별로 필요 없지 않나? 최희진 말고도 일반인의 기준을 한참 상회하는 전투력을 지닌 마법소녀가 더 있을 텐데. 아로아는 내가 이런 생각을 하고 있는 걸 까맣게 모르는 듯 영상을 앞쪽으로 되돌리며 물었다.

"이때 무슨 생각을 했어요?"

영상 속에서 나와 최희진의 자리가 바뀌고 있었다. 나는 아로아가 일시정지로 세워둔 나를 들여다보며 작은 소리로 말했다.

"희진씨가 돌아섰으면 했어요. 나를 못 보게."

"이때는요?"

아로아는 일분 가량을 건너뛰어 최희진과 내가 마구를 바꿔 쥐는 장면을 짚었다.

"저걸로 맞느니 죽는 게 낫다고요."

흐음. 아로아는 하얀 무릎에 턱을 얹고 생각에 잠겼다. 나는 죽는다는 말을 너무 쉽게 (혹은 괜히 솔직하게) 해버린 게 아닌가 후회하며 아로아의 다음 말을 기다렸다.

"제 생각에는요, 바라는 것만 떠올릴 게 아니라 **대가**를 어떻게 치를지도 함께 떠올려야 할 것 같아요. 구체적이고 실현 가능한 동시에 단순하면 좋겠죠. 신속하게 떠올리는 것도 중요하고요."

"어떻게요?"

"글쎄요, 희진씨가 돌아서는 대신 한발짝 멀어지게 해달라든가. 희진씨의 마구가 나 대신 아로아한테 감기게 해달라든가."

"아로아한테 그럴 순 없어요."

"예를 들자면 그렇다는 거예요. 로프에 감기게 해달라고 해도 됐겠죠. 들어봐요. 블랙카드의 마법이 개입하기 전 원래 일어났어야 할 현상과 블랙카드의 마법이 개입해 결과가 바뀐 현상, 그 둘 사이에는 일종의 제물이 필요해요. 그렇죠?"

"그런…… 것 같네요."

"이해하기 편하게 제물이란 말로 표현하긴 했지만, 지금까지의 사례를 보면 꼭 물리적 실체가 필요하진 않았죠. 무형의 존재, 예를 들면 특정한 행동이라든지 계좌 잔고 같은 것도 대가로 인정되는 것 같아요. 그렇다면 원래 현상을 대체할 현상 자체가 제물로 인정될 수도 있지 않을까요? 나를 겨냥한 공격이 나에게 적중하지 않고 그 대신 로프에 적중한다, 이런 식으로요."

그 말대로라면, 이론상 내가 피할 수 없는 공격은 없는 거였다. 멍하니 고개를 끄덕이고는 있었지만 미심쩍기도 했다. 그렇게 쉬울 리가 있나? 그렇게…… 강할 수가 있나?

"그럼 실습 한번 가볼까요."

아로아는 자리에서 일어나 엉덩이를 털었다. 프릴이 잔뜩 달린 아로아의 흰 스커트가 눈앞에서 물결처럼 나풀거렸다. 아로아는 안 일어나고 뭐 하냐는 듯 나를 돌아보더니 손을 내밀었다. 얼결에 그 손을 잡고 일어나 나도 엉덩이를 한번 털었다.

"무장하세요. 바로 갈게요."

아로아는 오른발을 한발짝 뒤로 물려 비스듬히 서서 말했다. 예전에 아로아는 자기가 예언의 능력 없이도 잘 싸우는 편이라 호언장담한 적이 있었다. 아로아가 취하고 있는 빈틈없는 자세만 보아도 그 말이 허세는 아니었다는 걸 알 수 있었다. 나는 얼른 블랙카드를 꺼내 쥐었다.

"갑니다!"

그 말이 떨어지기 무섭게 아로아의 주먹이 눈가를 스치고 지나갔다.

정식으로 무술을 배운 사람이 정면에서 질러온 맨손 공격이 빗나갈 가능성은 얼마나 될까? 일부러 비껴 치지 않는 이상은 제로에 가깝겠지. 그런 아로아의 주먹이 빗나간 건 내가 방금 들은 조언대로 아로아의 공격이 내가 아니라 내 옆의 허공에 닿기를 바랐기 때문이었다. 하지만 내 생각은 아로아의 주먹보다 아주 조금밖에 빠르지 못했다…… 그 사실을 깨닫자 뒤통수 아래쪽에 삐죽삐죽 소름이 돋았다.

"어어?"

다음 순간, 아로아는 중심을 잃고 내 쪽으로 넘어졌다.

힘과 무게를 한껏 실은 정권이 빗나갔으니 당연하다면 당연한 결과였다. 아로아가 바닥에 쓰러지게 둘 수 없어 얼결에 받아 안기는 했지만, 아로아보다 단련이 부족한 내가 나와 아로아 두 사람의 무게를 모두 감당할 수는 없었다. 우리는 두개의 도미노 조각처럼 포개진 채 로프로 넘어지듯 기댔다. 두 사람분의 체중이 가한 충격이 링 포스트 끝에 닿았다 되돌아오는 감각으로 등이 간지러웠다.

"잘했어요."

아로아는 내게 기댄 자세 그대로 웃으며 말했고 나는 혼란에 빠졌다. 적어도 당장은 내가 아로아의 주먹에 맞지 않은 것 외에 다른 현상이 발생하지 않은 듯하니, 아로아의 가설이 옳았다고 할 수 있었다. 그렇지만 내가 정말 아로아의 공격을 피하는 데 성공했다고 할 수 있을까? 이 상황을 두고. 아로아의 머리 너머 어색하게 떠 있는 내 손에는 아직 블랙카드가 있었다. 둘이 함께 넘어지는 상황도 피하려면 피할 수 있었을 텐데.

"미안해요."

이유도 모르고 무작정 사과한 다음에야 불과 두어시간

전, 다시는 함부로 사과하지 않겠다고 결심했던 것이 떠
올랐다.

마법소녀의
생존 전략

여름이 다 갈 무렵까지 내 생활의 대략적인 루틴은 이러했다. 주말 오전 열시부터 밤 열시까지 피시방 알바. 거의 유일한 수입원(주중에 하루 이틀짜리 단기 알바를 하는 일도 종종 있었지만)인 만큼 가장 중요한 일로 손꼽을 만했다. 목요일 오전에는 마법소녀 심리상담. 화요일과 목요일 오후에는 조합에서 마법소녀 과외(나를 제외한 모두가 그것을 '훈련'이라고 불렀지만 나에게는 선생님이 두 명이나 붙는 호화 과외로만 느껴졌다). 일정이 없는 날에는 아로아와 만났다.

알바도 조합 일도 아로아와의 약속도 없는 날에는 도서

관에 갔다. 마법소녀로 각성하기 전에도, 각성한 이후에도 내 꿈은 변함없이 시계 디자이너였다. 일본의 주얼리 스쿨에 유학을 가기 위해 일본어 공부를 한다는 핑계로 미디어실에서 일본 드라마를 보거나 시계 디자인이 실려 있는 화집을 구경하면서 시간을 보내고 도서관 구내식당에서 밥을 사먹었다. 특별히 맛있지는 않아도, 밖에서 사먹는 밥이나 재료를 사다 직접 차려먹는 밥보다 저렴해서 좋았다.

물론 걸어서 왕복 사십분씩 걸리는 도서관에 날마다 드나드는 이유가 그것만은 아니었다. 에어컨이 없는 반지하 방에 살자면 도서관에 가고 싶은 게 인지상정이고 자연현상이었다. 반지하는 왜 땅에 묻혀 있는데도 더운 걸까…… 기온은 바깥과 거의 비슷한데 습도는 두배라 덥다기보다 쪘다. 내리쬐는 뙤약볕을 무릅쓰고 도서관에 오가는 건 취미나 취향보다는 **생존**을 위한 선택에 가까웠다. 무슨 조화인지 도서관은 냉방을 세게 틀지 않아도 서늘하고 쾌적하니까.

돌아오는 길에 큰맘 먹고 수박 맛 아이스크림이라도

(이까짓 것에 큰맘씩이나 먹어야 하는 처지에 헛웃음이 나긴 하지만) 사 물면 거의 행복에 가까운 느낌이 들었다. 행복…… 할아버지가 돌아가신 후 처음으로 떠올려보는 감각인 것 같았다. 가족이라 부를 사람이 있을 때에는 그 꾸준한 온난함에 어떤 의미가 있는지 몰랐는데 돌이켜보면 그게 행복이었구나. 그런 생각을 하면 쓸쓸해지기도 했지만, 나는 이제 할아버지와 상관없는 행복의 감각을 가능한 한 많이 계발하고 싶었다. 그렇게 내가 새로 찾아낸 행복은 도서관 나오는 길에 사먹는 아이스크림의 맛, 아이스크림쯤은 과감하게 사먹을 수 있는 통장 잔고, 그 돈을 벌 일을 할 수 있는 건강. 또 뭐가 있을까……

"어머머, 101호 처녀랑은 인연인가봐. 마침 전화하려고 했는데 어쩜 이렇게 딱 마주쳐?"

빌라 문을 힘차게 열고 나오는 집주인과 맞닥뜨린 건 여름 막바지의 어느 수요일, 어김없이 도서관에 다녀오던 길에서였다. 가뜩이나 불편한 상대인데, 하필 빌라 앞에 놓인 남의 집 쓰레기봉투에 방금 먹은 아이스크림 막대를 쑤셔넣던 중이라 배로 민망했다. 글쎄요 저는 그렇게 반갑지 않은데, 이런 경우에도 인연이라 할 수 있을까요……
털어놓을 수 없는 속엣말을 머릿속으로 문질러 지우며 나
는 그냥 웃었다.

"전화하려고 하셨다고요?"

"응. 있지, 곧 있으면 자기 집 계약 만료잖아."

"아, 그랬죠."

시월 하순이던가 십일월 초순이던가, 계약 만료가……
할아버지가 돌아가시고 시계방을 정리한 돈으로 병원비
며 장례비 등 이런저런 잔불을 끄고, 얼마 남지 않은 현금
으로 간신히 들어와 사년 가까이 살고 있는 집이었다. 보
통 집주인이 계약 기간 운운해서 좋을 게 없던데. 불길했
지만 뭐라 말해야 좋을지 알 수 없었다. 말이라면 이미 집
주인이 하고 있기도 했고.

"혼자 열심히 사는 처녀 딱해서 그동안 말은 안 했는데,
보증금 좀 올려 받게. 딱 천만원만 더 해. 괜찮지? 요 주변
시세 다 올라가는데 여태 말 안 했잖아, 내가. 아유, 물가
생각하면 천만원은 올리는 것도 아니다. 우리집 아저씨는
그 방 월세로 바꾸라고 난리인데, 내가 처녀랑 정든 게 있

어놔서 모질게는 못하겠더라고. 응? 천만원, 괜찮지?"

빌라 공동현관에서 내 방으로 통하는 반층짜리 계단을 무슨 정신으로 내려왔는지 모르겠다. 들어와 현관문을 닫고서야 눈물이 펑 터지면서 정신이 돌아왔다. 믿을 수 없이 잘 녹는 양초라도 된 듯이, 나는 눈물을 뚝뚝 흘리며 이부자리로 기어가 베개에 얼굴을 묻고 엎드렸다.

집주인에게는 아무 말도 할 수가 없었다. 집주인이 들었을지 못 들었을지 확신이 서지 않을 만큼 기어드는 목소리로 생각해볼게요, 하고 신음하듯 내뱉은 게 전부였다. 천만원이라고요? 리볼빙 빚도 아직 다 못 갚았는데요.

앞으로 두달? 세달? 그사이에 천만원을 마련할 수 있을까. 어찌어찌 마련한들 그걸로 끝난다는 보장이 있을까. 다음번에 또 올리면 어쩌지. 지금껏 주변 시세에 맞춰 올리지 못했다는 집주인의 주장이 사실이라면, 또 오를 수 있다는 불안감도 헛된 망상만은 아닐 터였다. 당장 내가 할 수 있는 일은 흐느끼다 울음의 후유증에 기대 잠드는 것밖에 없었다. 다음 날 상담에 가려면 아침 일찍 일어나야 하기도 했다.

*

"글쎄요, 제가 알기로는……"

배진희 선생님은 키보드를 다다다 두드리고 안경을 슥 밀어올렸다.

"응, 맞네. 임대를 사년 이상 하면 보증금을 올릴 수 있긴 한데, 증액 상한이 오퍼센트예요. 기존 보증금이 일억이었다면 오백만원까지라는 거죠."

내가 사는 방의 기존 보증금은 일억이 안 됐다. 선생님 말대로라면 집주인이 내게 청구할 수 있는 추가 보증금은 최대 삼백만원이었다. 천만원보다는 훨씬 해볼 만한 액수였지만, 피시방 알바와 단기 알바 수입을 합쳐 한달에 백만원 조금 넘게 벌까 말까 한 나로서는 석달간 물만 마시고 살아야 모을 수 있는 돈이었다. 거의 비슷한 액수의 빚이 고스란히 남아 있기도 했다. 하지만 만약 조합에서 연결해주는 큰 사건 하나를 해결하고 그 사례금으로 목돈을 받는다면? 체한 듯 막막한 느낌은 좀체 가시지 않았지만, 어쩌면 해볼 만하겠다는 희망도 아주 막연하지만은 않은 것 같았다.

"법적으로는 그렇다는데 혹시 몰라요. 임대인이 내가 거기 들어가서 살 테니 나가달라면 나가줘야 하거든요."

선생님이 덧붙인 말에 나는 고개를 저었다. 집주인에게는 배우자가 있고 장성한 자식도 셋이나 있었다. 반지하라서 보통 원룸보다는 평수가 큰 편이라지만, 다섯 식구가 들어와 살 만큼 넉넉하진 못했다.

"설마 그렇게까지 할까요."

"임대인이 그렇게 주장하면 집을 비워줄 수밖에 없다는 거예요. 그 주장의 진위 여부를 누가 알겠어요. 기존 임차인 내보낸 다음 마음이 바뀌었다고 해도 어쩔 수 없는데."

그럼 집주인이 자기가 들어와 살게 나가줄 것인지, 순순히 천만원을 더 내놓을 것인지를 두고 협상 아닌 협상을 요구할 수도 있다는 건가? 거미줄처럼 미미하게 만져지던 희망이 끈끈하고 찝찝한 감각만 남기고 손아귀에서 빠져나가는 것 같았다.

"괜히 마음만 더 복잡하게 한 거 아닌가 몰라. 부동산 상담은 제 적성이 아닌가봐요."

"아니에요, 큰 도움이 됐어요. 감사드려요."

선생님이 나 때문에 자책을 느끼는 게 싫어 얼른 손을 내저었지만, 아닌 게 아니라 머릿속이 한층 더 복잡해진 듯했다.

*

"대출 생각은 해본 적 없어요?"

아로아는 내 양어깨를 지그시 누르며 물었다.

"안 되지 않을까요, 천만원은."

허리를 구부려 발끝을 붙든 채로는 진지하게 답하려 해도 신음소리가 섞여 나왔다. 내가 아무리 끙끙거려도 아로아는 요지부동이었다.

"리볼빙 빚을 너무 오래 업고 있었어요. 모르긴 해도 신용 상태가 엉망일 걸요."

아로아는 천천히 열까지 센 후에야 내 어깨를 놓아주었다. 스트레칭도 하다보니 느는구나, 엊그제만 해도 눌러봤자 손톱 끄트머리가 가까스로 발끝을 스칠까 말까 한 정도였는데. 아로아는 자리에서 일어나 발목과 손목을 빙빙 돌리고 터는 시범을 보였고 나는 따라했다. 목을 크게 돌리는 동작을 보여주면서 아로아는 다시 말했다.

"내가 빌려줄 수도 있어요."

"아로아, 돈 많아요?"

내가 묻자 아로아는 훗 웃었다. 약간 건방져 보였달지…… 그런 식으로 웃는 아로아를 보는 건 처음이었다.

"아무리 작더라도 예견, 즉 앞날을 보는 능력은 몹시 높은 평가를 받아요. 왤까요?"

"상대방의 공격 패턴을 미리 알 수 있어서?"

"아뇨, 경제적으로 말이에요."

"로또 번호 같은 거…… 맞힐 수 있어요?"

나는 잔뜩 설레서 물었지만 아로아는 고개를 가로저었다.

"로또 같은 건 경우의 수가 너무 많아서 어렵지만, 지표가 높아지고 낮아지는 패턴 정도는 미리 읽을 수 있거든요. 그럼 뭘 할 수 있게요?"

"주식?"

아로아는 또다시 훗 하고 코웃음을 쳤다.

"노코멘트 할게요."

그날의 훈련 내용은 능력을 사용해 링 끝에 놓인 오백 원짜리 동전을 반대쪽 끝까지 운반하는 것이었다. 이럴 거면 스트레칭은 왜 한 건지 이해가 안 된다고 생각하면서도 나는 카드를 꺼내 쥐고 참을성 있게 동전을 노려보았다. 내가 블랙카드에게 요구한 교환 조건은 이러했다. 동전의 현재 위치와 동전이 자체 지름만큼 오른쪽으로 이동한 위치를 서로 교환. 그러면 카드는 빛을 뿜어냈고 동전은 정말이지 눈곱만큼, 내가 의도한 방향으로 전진했다. 그런 식으로 일미터쯤 동전을 옮기고 나니 온몸이 땀에 흠씬 젖었다.

"마력을 많이 사용했다는 의미예요."

아로아가 수건을 건네주며 말했다. 마법소녀는 능력을 무한히 사용할 수 있는 거 아니었나? 나는 이마와 목 둘레를 대충 닦으며 물었다.

"마력이라는 게 뭔데요?"

"결국은 체력이죠. 작은 일이지만 수십번 연달아 사용

하니 지칠 만도 해요."

하긴 그렇네. 내가 떠올린 이미지는 (왠지) 설거지였다. 혼자 사는 내가 나 밥 먹은 그릇 씻는 정도는 얼마든 할 수 있는, 즉 무한히 가능한 일 같지만, 뷔페 아르바이트를 하러 가서 접시 팔백장을 애벌 설거지하고 업소용 식기세척기에 적층하는 작업에는 어마어마한 체력이 요구되겠지.

"그러면 체력을 더 많이 키워야겠네요."

"한정된 마력을 어떻게 해야 더 효율적으로 사용할 수 있을지 생각해봐도 좋겠죠."

나는 목표 지점까지 절반의 절반도 채 이동하지 못한 동전을 노려보며 다시 아로아에게 물었다.

"아로아라면 어떻게 했을 것 같아요?"

"저기 놓인 동전을 내 계좌에 입금하고, 그 대가로 내 계좌에 있던 오백원을 현금화해서 목표 지점에 놔달라고 했을 것 같아요."

아로아의 해법이 그럴싸하다고 생각했기 때문에 나는 바로 그렇게 했다. 카드는 빛을 뿜었고 그건 마치 내 소망에 대한 결제가 승인되었다는 신호처럼 보였다. 그 순간

링 가장자리 부근에 놓여 있던 동전이 사라지고, 곧바로 새로운 오백원짜리 동전이 땡그랑 소리를 내며 목표 지점에 떨어졌다. 됐다! 아로아와 나는 하이파이브를 하며 제자리에서 폴짝폴짝 뛰어올랐다.

그런데 능력을 의도대로 사용해서 기뻐하던 와중, 불현듯 이건 **속임수**라는 생각이 뇌리를 스쳐갔다. 나는 하이파이브를 한 김에 맞잡은 아로아의 손을 그대로 쥔 채 말했다.

"그런데 저 동전은 처음 그 동전이 아니잖아요."

항상 정직해야 한다, 정직하지 못하면 우선 자기 자신부터가 불편한 법이야. 생전에 귀에 못이 박히도록 말씀하셨던 할아버지 탓이었다. 그러는 할아버지는 늘 정직하기만 했던가? 시곗줄이나 시계밥 가는 일 정도는 나한테 맡기곤 했잖아. 손님들은 시계방 주인인 할아버지가 아닌 다른 사람이 자기 시계에 손댔을 거라 의심조차 안 했을 텐데.

"이 훈련에서 그 동전이 반드시 그대로여야 한다는 조건은 없었는걸요."

"만약 이게 훈련이 아니라 시험이고, 시험도 아니라 실제 상황이면요."

"당연히 실제 상황은 더 변수가 많겠죠. 하지만 그건 이용할 수 있는 요소가 더 많다는 의미도 돼요."

아로아는 꿋꿋이 대답했다. 나라도 그랬겠지, 해법을 알려달라고 해서 기껏 알려줬더니 그게 부정행위인 것처럼 말하다니 배은망덕하다고 생각할 거다. 나라고 진지하게 내가 부정행위를 저질렀다 생각한 건 아니었다. 아로아의 말대로 목표 지점에 도달한 동전이 처음에 주어진 바로 그 동전이어야 한다는 조건 같은 건 없었으니까. 하지만 한편으로는, 능력을 더 제대로 사용하려면 바로 그 동전을 옮길 수 있어야 한다는 생각도 끈질기게 들었다.

"그러면 다시 한번 해볼까요?"

아로아의 말에 나는 고개를 끄덕였다. 여태 손가락 사이사이를 채우고 있던 아로아의 손가락들이 스르르 빠져나갔다. 어쩐지 마음이 저릿해 아로아와 맞잡고 있던 손으로 윗가슴을 문지르면서, 나는 아로아가 들을 수 있게 소리 내서 말했다.

"지금 링 위에 있는 동전을 내 계좌에 넣어주세요. 그 대신 아까 사용하던 동전이 다시 돌아왔으면 좋겠어요."

소망은 이루어졌다. 동전 하나가 사라지고 다시 동전 하나가 나타났다. 내가 진땀을 흘리며 옮겨두었던 바로 그 위치에 그대로.

"이제……"

아까와는 다른 이유로 땀이 나려 하고 있었다. 아로아가 뚫어져라 보는 앞에서 능력을 사용해야 한다는 점이 난처해서 나는 식은땀이었다. 반면 아로아는 아무런 의심도 없어 보이는, 순수한 호기심만이 가득 찬 눈망울로 나를 보고 있었는데, 그런 아로아를 실망시킬까봐 겁이 나 더더욱 긴장을 늦출 수 없었다.

"앞에 놓인 동전을 링의 오른쪽 끝으로 운반해주세요."

따라서 이런 말이 입에서 새어나간 건 온전한 정신에서 나온 결과로 생각되지 않았다.

"그 대가로 아까 입금한 오백원을 바칠게요."

나는 거의 반사적으로 말했고(어서 대가를 말하지 않으면 내 카드가 알아서 값을 산정해 무작위의 무언가를 빼앗아갈 거라는 두려움 때문이었다), 내가 말하면서도 내 귀를 의심했고, 아로아의 눈이 휘둥그레 커지는 것을 보았고, 소망은 이루어져 링 위에 놓인 동전이 쏜살같이 움직였다. 마치 누군가 손가락으로 튕기기라도 한 듯 빠르고 부드럽게 미끄러진 동전은 오른쪽 링 포스트를 스치듯 지나쳐 그 뒤의 아주 좁은 공간에 멈춰 섰다.

이 일련의 과정이 내게는 전부 슬로모션처럼 보였다.

"천재!"

아로아는 땀에 푹 젖은 내 몸을 거리낌 없이 껴안으며 외쳤다.

"바로 이거예요. 나무랄 데 없이 완벽한 시연이에요. 어떻게 이런 생각을 했지? 너무 자랑스럽고 뿌듯하고 고마워요. 왜 고맙지? 근데 왠지 너무 고마워요."

나는 얼떨떨했다. 내 생각에도 훈련의 조건과 훈련에서 굳이 언급되지 않은(가령 이 동전은 그 동전이어야 한다는) 조건을 동시에 만족시키는 결과, 즉 아로아의 말처럼 완벽한 결과를 낸 것 같았지만, 어떻게 이런 생각을?이라 물은 아로아와 달리 나는 왜 여태 이걸 몰랐지?라는 의문을 느끼고 있었다.

능력이 발현된 후 나는 곧 이 능력에 대가가 필요하다는 걸 알았다. 그래서 전마협에 이 사실을 알릴 때에도 가장 가까운 편의점에서 생수 한병을 주문하고 그 값만큼이 출금된 내 계좌를 공개하는 퍼포먼스를 선보였다. 그러니 당연한 거였다, 돈을 쓰면 그 돈의 가치에 상응하는 능력을 사용할 수 있다는 사실은…… 왜 여태 이걸 눈치채지 못했을까? 왜 이런 방식으로 능력을 사용하려 하지 않았을까? 그걸 지금껏 깨닫지 못한 건 부자연스러운 일 같았다. 하지만 결론은 늘 그렇듯 단순하기 짝이 없었다.

그야 **돈이 없으니까** 그렇지.

이어서 떠오른 것은 보증금 천만원 인상을 요구하던 집주인의 모습이었다. 아…… 그러네. 천만원은 고사하고 삼백만원까지도 갈 길이 먼데, 엉뚱한 데에다 오백원을 추가 지출해버렸네. 휴대폰을 꺼내 오백원이 입금되었다 출금되었다 한 흔적과 최종적으로 총액에서 오백원이 줄어든 통장 잔고를 살펴보면서 나는 긴 한숨을 내쉬었다.

마법소녀
출동합니다

"각오는 되어 있겠지요?"

의장실 바깥에서 의장님을 뵙는 건 시간의 마법소녀 제압 작전 이후 처음이었다. 아로아는 의장님의 현장 출동은 매우 드문 편인데 이번에는 워낙 응급상황인데다 동원 가능한 인원이 거의 없어 직접 참여하실 수밖에 없었다고 귀띔해주었다.

수요일이었고 비가 내렸다. 원래대로라면 나는 도서관에 있어야 했고, 실제로 불과 몇분 전까지만 해도 도서관 서가 사이를 헤매던 참이었다. 불현듯 책장과 책장 사이에 문틀이 하나 나타나더니, 그 안에서 아로아와 손을 잡은 최희진이 나와 따라오라고 하길래 따라나선 거였다.

문 너머는 낯선 공장 부지 앞이었다. 의장님의 마법 우산이 허공에 둥실 떠올라 억수같이 쏟아지는 비를 막아주고 있었다. 우산이 그려내는 경계 바깥은 아수라장이었다. 공장에서 빠져나온 듯한 사람들이 구토를 하거나 정신을 잃고 쓰러져 있었고, 소방대원들이 그들을 수습해 구급차에 태우고 있었다. 아마 유독성 화학물질 누출 사고 같은 거겠지…… 갑작스럽게 사고 상황을 마주하자 가슴이 세차게 뛰었다. 너무 겁이 나서 나까지도 토할 것 같은 느낌이었다.

"비가 와서 그나마 다행이지요. 고위험 기체가 비의 무게에 가라앉을 테니까요. 하지만 내부는 여전히 위험합니다. 그럼 바로 작전 공유하겠습니다."

의장님의 말씀은 평소보다 빨랐고 망설임이 없었다.

"진입. 희진씨가 간사님의 도움을 받아 안으로 들어가는 문을 만듭니다. 공장 내부 구조를 모르기 때문에 욕심은 내지 않아도 좋아요. 진입으로 충분합니다. 공간 확보. 이건 희진씨 역할이 되겠습니다. 안전한 공간을 곳곳에 만들고 구조 대상을 그쪽에 모아주세요. 구조 대상 수가 많을 터라 한명 한명 밖으로 운반하자면 시간 소요가 클 겁니다."

시간이라는 말을 하고 의장님은 긴 숨을 몰아쉬셨다. 아마도 이미래를 떠올리셨겠지. 시간의 마법소녀가 능력을 그대로 갖고 있었다면, 그대로 전마협에 합류해 이 작전에 참여할 수 있었다면 공장 안의 시간을 멈추는 것만으로도 많은 것을 해결할 수 있었을 테니까.

"출력이 별로 강하지 않지만…… 급한 대로 이걸 사용해 행동반경의 대기를 정화합시다."

의장님은 최희진에게 무선청소기처럼 보이는 물건을 건넸다. 청소기 손잡이 앞쪽에 다이얼 레버 같은 것이 달려 있었다. 최희진은 레버에 그려진 화살표를 '정화'라는 글자에 맞춰 돌렸다.

"그리고 핵심."

의장님은 나를 지목하며 말씀하셨다.

"공장 안의 모든 생물이 숨을 쉬지 않고도 버틸 수 있게 해주세요."

어떻게? 나는 당황한 얼굴로 의장님을, 아로아를, 최희진(노골적으로 짜증난다는 표정을 짓고 있었다)을 쳐다본 후에 다시 의장님에게 눈을 맞추었다. 가장 먼저 떠오른 대가는 역시나 돈이었다. 그런데 내 통장에 있는 돈으로 공장 안에 있는, 얼마나 많을지 짐작도 되지 않는 사람들의 숨 참는 능력을 전부 늘려줄 수 있을까? 얼마 동안이나? 충분히 그럴 돈이 있다고 한들, 내 돈을 써버리면 나는 어떻게 살지? 사람의 목숨이 돈보다 훨씬 소중하다는 것, 아니 비교도 할 수 없다는 것은 당연히 알고 있었지만, 나에게는 얼굴도 모르는 사람들보다 내가 건강 버리고 시간 잃어가며 모은 내 통장의 쥐꼬리만 한 돈이 더 중요하다는 생각도 어쩔 수 없이 들었다. (더불어 왜 '모든 인간'이 아니라 '모든 생물'이지? 하는 생각도 들었지만, 아마 연구실이나 어딘가에 실험동물이 있을 가능성을 고려한 말씀인 듯했다.)

"서둘러주세요. 일분일초가 소중합니다."

의장님의 그 말씀이 힌트가 되어 무엇을 대가로 삼으면 좋을지가 떠올랐다. 나는 블랙카드를 꺼내들고 눈을 감았다.

나를 비롯해 공장 안에 존재하거나 한시간 이내에 존재하게 될 모든 생물의 후각을 대가로 그들의 무호흡 시간을 사겠어. 백초의 후각과 일초의 무호흡 시간을 교환. 어때? 이 정도면 **나쁘지 않은 거래**지?

다시 눈을 떴을 때 카드는 빛나고 있었다. 거래가 성립되었다는 신호였다.

"좋아요. 저하고 간사님은 밖에 남아 구조된 분들과 소통하며 내부 구조를 파악해보겠습니다."

그렇게 말씀하시면서 의장님은 전마협 마크가 새겨진 금색 단추 같은 것을 나와 최희진에게 나눠주었다.

"이것으로 연락을 취합니다. 손목을 가로로 눕히면 발신, 세로로 세우면 송신. 이걸 착용하고 있으면 여러분의 위치가 어디쯤인지도 파악 가능합니다."

의장님은 직접 손목을 입 앞에 갖다댔다가 귀 옆에 붙이는 동작을 시연하며 말씀하셨다. 아, 초소형 무전기 같은 거구나. 반소매 티셔츠를 입고 있었기에 어디다 달라는 말인지 모르겠어서 우물쭈물하고 있자 최희진이 내 손에 있던 무전기를 빼앗아 내 왼손목에 탁 소리 나게 붙였다. 붙이니까 붙네. 나는 머쓱해하며 혼잣말로 중얼거렸다.

"진입해주세요."

의장님의 말씀에 아로아가 아로아미러를 들여다보며 최희진의 손을 잡았다. 최희진은 판타스틱 레인보우 룰러로 허공에 커다란 네모를 그렸다. 저런 식으로 만들었구나, 공간이동 문을. 그리고 아로아는 역시 손을 잘 잡는 사람이구나…… 쓸데없는 생각을 떨치려 고개를 저으면서 나는 최희진을 따라 문 안으로 들어갔다.

공장 안은 매캐한 안개가 끼어 한치 앞도 제대로 보이지 않았다. 서둘러 걸어나가려다 최희진과 세게 부딪쳤다. 제대로 말할 수 있는 상황이었다면 최희진은 버럭 성을 냈겠지만 마음껏 입을 열 만한 상황이 아니다보니 별말이 없었다. 위잉, 최희진이 청소기를 켰는지 작은 모터가 고속으로 프로펠러를 회전시키는 소리가 나기 시작했다. 시야가 조금 맑아지자 나를 째려보고 있는 최희진이 눈에 들어왔다. 최희진은 숨을 들이쉬지 않으려 애쓰며 (그러다보니 거의 목이 멘 듯한 목소리가 나왔다) 핀잔을

주었다.

"뭐하는 거야? 똑바로 좀 해."

"죄송해요."

나는 최희진과 마찬가지로 목멘 소리로 대꾸했다. 그렇지만 자기가 부딪힌 부분은 단단한 뒤통수면서. 나는 멀렁멀렁하니 아무 힘도 없는 코가 깨지는 줄 알았는데. 최희진은 손가락을 튕겨 딱 소리를 내곤 내 뒤편 바닥을 가리켰다. 얼굴이 창백하게 질린 채 정신을 잃고 쓰러져 있는 사람이 대여섯쯤 되었다.

"잠깐 들고 있어."

나는 최희진이 건넨 청소기로 주변 공기를 정화하며 서툰 손놀림으로 사람들의 맥을 짚어보았다. 맥은 미약했지만 모두 살아 있었다. 최희진은 판타스틱 레인보우 룰러로 기둥과 기둥 사이를 재는 듯하더니 금속성 리본을 마스킹 테이프처럼 뜯어 붙였다. 저거 찢을 수 있는 거였구나. 신기하다. 멍하니 보고 있는 사이 최희진은 기둥 세개를 연결해 삼각형 모양의 결계를 만들었고, 그 안으로는 독기가 침입하지 못하는 것을 육안으로 확인할 수 있었다. 내가 쓰러진 사람들을 질질 끌어 결계 안에 데려다놓는 사이 최희진은 기둥과 기계를, 기계와 기계를 연결하며 곳곳에 새로운 결계를 치고 있었다.

"테이프 안 끊어지게 조심해!"

보이지 않을 만큼 멀리까지 간 최희진이 고함을 치고는 쿨럭쿨럭 기침을 했다. 잠깐이었지만 나는 속으로 테이프를 공장 전체 벽에 붙이면 간단하게 전부 정화할 수 있지 않나 생각하고 있던 참이었다. 하지만 테이프가 생각보다 잘 끊어져서, 끊어지면 안전지대를 만들 수 없어서 성립될 수 없는 작전이구나. 생각에 잠겨 있는 사이 뿌연 공기 너머에서 플래시 불빛이 건너왔다. 소방모 위에 조명을 장착한 구조대원이었다. 나는 숨을 참으며(나의 무호흡 시간도 늘어났기에 말이 끊어지지는 않았지만 줄곧 쥐어짜는 듯한 소리밖에 낼 수 없어서 느낌이 영 이상했다) 그에게 말했다.

"곧 저희가 누출 발생지를 찾을 거예요. 기절한 사람들을 테이프 결계 안으로 옮겨주세요. 이 안은 안전한데, 저희 손이 모자라요."

방독면을 쓴 구조대원은 무전기를 꺼내 내 말을 전달했다. 순간 공기의 흐름이 달라지며 공장 안에 있는 구조대원들이 일사불란하게 움직이는 것이 느껴졌다. 좋아, 인명 확보는 성공한 셈이겠지. 나도 손목을 눕혀 의장님과 아로아를 호출했다.

"발생지 파악은 아직인가요?"

손목을 귀에 갖다대고 기다리자 곧 아로아의 목소리가 들려왔다.

"마침이네요. 지금 있는 위치에서 왼쪽으로 가요, 쭉."

아로아의 목소리를 따라 움직이자 곧 벽이 나왔다.

"계단 보여요?"

"아뇨."

"위로 올라갈 수 있겠어요?"

나는 위를 올려다보았다. 계단과 연결되어 있을 난간이 뿌연 공기 너머 어렴풋이 보였다. 눈이 맵고 얼굴이 따가웠다. 호흡기뿐만 아니라 피부에도 영향을 미치는 독한 물질이 누출되고 있는 게 분명했다. 나는 청소기로 얼굴 주변의 공기를 정화한 다음 블랙카드를 꺼냈다.

지금부터 십 분 동안 나는 십 미터 높이를 뛰어오를 수 있게 되고, 대신 내일 하루는 달리기를 할 수 없게 돼.

내가 내건 조건에 카드는 빛으로 응답했다. 나는 힘차게 발을 굴러 벽을 따라 설치된 복층 구조물 위로 뛰어올랐다.

"올라왔어요."

"좋아요, 그럼 로고가 새겨진 탱크 중에서……"

"그런 탱크가 한두 개가 아니긴 해요."

"빨간 탱크. 가로로 눕힌 원통 모양 빨간색 탱크 있어요?"

"있어요."

지금 있는 위치에서 북서쪽. 나는 아로아가 지목한 탱크 방향으로 걸음을 재촉했다. 가까이 다가갈수록 시야가 더욱 부예지는 것이 아무래도 정답인 듯했다.

"찾았어요?"

"찾았어요, 그런데……"

나는 목멘 소리로 답했다. 숨을 참고 있어서가 아니라, 멜 만해서 멘 소리라고 생각하면서.

"꼭 누가 일부러 망가뜨린 것 같아요."

내가 발견한 빨간색 탱크의 귀퉁이에는 종이를 연필로 푹 찌르고 죽 끌어당긴 것처럼 찢긴 자국이 있었다. 무전기 너머로 아로아가 아…… 하고 탄식하는 듯한 소리가 들려왔다. 길지 않은 시간이 흐른 후에 아로아가 말했다.

"사진, 아니 동영상 찍어와줄 수 있겠어요?"

"해볼게요."

나는 주머니에서 휴대폰을 꺼냈다. 너무 구형이어서 이렇게 어둡고 뿌연 환경에서는 맥을 못 출지도 모르지만 그래도 없는 것보단 나을 거라 생각하면서. 그런 휴대폰을 놓친 건 말할 나위도 없이 멍청한 실수였다. 순간이었지만, 눈과 얼굴이 너무 따갑고 가려워 나도 모르게 눈가를 어깨로 비비려 했고 그러자 눈이 더 따가워져서(아무래도 돌아다니는 사이 옷이 약품을 머금은 듯했다) 손에 힘이 풀렸고…… 저 아래서 딱 소리가 난 것으로 휴대폰이 떨어진 것을 알았다.

최악.

최악이다.

어쩜 이렇게 바보 같은 짓을.

뛰어내릴까? 뛰어내려 휴대폰을 찾고 다시 뛰어오르는 데 얼마나 걸릴까? 뛰는 거야 별일 아니라 쳐도 휴대폰을 찾는 데 얼마가 걸릴지 알 수 없었다. 블랙카드에 휴대폰을 다시 찾아와달라고 요구하면 될 일이었지만, 당황한 나머지 잃어버린 휴대폰을 되찾는 대가로는 무엇을 제안해야 적절할지 잘 계산이 되지 않았다.

"죄송해요. 제가 휴대폰을 떨어뜨렸어요."

짧은 시간 동안 오만 생각을 다 한 후에 떨리는 목소리로 말하자마자 눈앞에 최희진이 나타났다. 최희진이 열고 나온 공간이동 문 뒤에 아로아와 의장님이 잠시 보인 걸로 미루어, 공장 건물 바깥으로 나갔다가 다시 들어온 모양이었다. 아로아에게 내 위치를 물으려 한 거였을까?

"언니, 왜 이렇게 떨어? 여기 혼자 왔어?"

최희진은 내가 떨어뜨린 휴대폰을 내 손에 쥐여주고 (역시나 액정에 금이 쩍 가 있었다) 자기 휴대폰을 꺼내 탱크의 파손 부위를 찍었다.

"문을 열어주세요. 이제 제가 들어가서 구멍을 막겠습

니다."

무전기에서 의장님의 목소리가 흘러나왔다.

"나가자."

최희진이 문을 열며 말했고 나는 서둘러 빠져나가려다 또 최희진에게 부딪쳤다. 이번에는 최희진이 화를 내지 않았지만, 아까보다 더욱 미안한 마음이 들었다. 최희진의 검정색 크롭탑 티셔츠는 등이 흠뻑 젖어 있었으니까.

힘들었나보구나. 하나도 티를 안 내서 전혀 몰랐는데.

나는 쏟아지듯 문을 나섰다. 아로아를 보니 안심이 되어 다리가 풀려버렸다. 자연스럽게 땅에 손을 짚고 무릎으로 땅을 디딘, 말하자면 엎드린 자세가 되었다. 정말로, 정말로 힘들었으니까. 아로아는 곧장 내게 다가와 흙투성이가 된 나를 부축해 일으켜주었다. 나는 아로아의 흰 원피스에 진흙이 옮겨붙을까 바로 몸을 떼려 했지만, 아로아는 되레 나를 힘주어 껴안으며 속삭였다.

"첫 임무 성공 축하해요."

그렇구나, 이건 내가 마법소녀로 각성한 이후 처음으로 정식 투입된 작전. 처음으로 수행한 대인 구조 임무. 그 말이 너무 달고 시원해서 나는 몇번인가 입안으로 되뇌어보았다. 임무 성공. 임무…… 성공.

예언의 마법소녀가 아닌 나는 이후 다가올 사건을 전혀 알지 못했기에, 그때만큼은 해냈다는 기분을 한껏 누릴 수 있었다.

위기에 처한
마법소녀

안 그래도 전마협에서는 나의 칭호를 어떻게 지을지에 대해 설왕설래하고 있었다. 잠깐은 소망의 마법소녀, 소원의 마법소녀 등으로 불리기도 했지만 그건 아주 짧은 기간 동안이었고, 아직 능력이 완전히 밝혀지지 않았으니 미지의 마법소녀라 부르는 게 차라리 옳다는 (아로아의) 의견이 비중 있게 수용되었다.

아무도(아로아조차) 물어봐주지 않아서 밝힐 기회가 없었던 내 의견을 말하자면, 나는 교환의 마법소녀라는 이름이 어떨까 했다. 교환이라는 단어가 내 능력에 대한 가장 경제적인 표현이고, 뭐 어감도 나름 자연스러운 것 같아서. 그런데 언론이 내게 지어준 이름은 생각지도 못한 것이었다. 애초에 언론에서 새로 별명을 지어줄 거라고는 예상치 못하기도 했고.

"'**희생의 마법소녀**, 만사화학공장 누출 사고 피해자 모임에 피소'…… 이 새끼들 미친 거 아니야?"

최희진이 휴대폰을 의장실 소파에 집어던지며 소리를 질렀다. 평소 같았으면 최희진이 화를 내는 게 마치 내 탓처럼 느껴져 안절부절못했을 나지만, 그 기사를 본 직후로는 줄곧 머리가 멍해 나답게 반응할 정신도 없었다. 최희진이 욕하는 게 기자들인지, 피해자 모임인지 헷갈린다는 것 정도가 내가 할 수 있는 생각의 전부였다.

"고소 안 당했어요. 조합에 내용증명 한통이 오긴 했지만, 솔직히 이것도 걱정거리는 못 돼요. 이런 리스크 관리를 위해 조합이 있는 거예요."

아로아 역시 화가 난 게 분명해 보였지만 애써 침착하게 말했다.

사건이 벌어진 후 일주일, 보도 내용은 널을 뛰듯 오락가락했다. 처음에는 나에게도 전마협에도 우호적인 내용이 대부분이었다. 최악의 사상사고로 기록될 뻔했던 만사화학공장 유독성 물질 누출 사고가 전마협 사상 최강의 전력 보충(나겠지?)으로 인명 피해 없이 해결되었다는 둥, 이로써 전마협은 무용론을 불식시키고 건재를 증명했다는 둥. 이번 사건은 대통령실이 핫라인으로 전마협에 해결을 의뢰한 것이기에 국가 포상금이 나올 예정이고 그 액수는 얼마로 추정된다는 이야기도 있었고, 화학공장 소유주인 재벌 그룹에서 준다는 어마어마한 사례금에 대한 추측도 유행처럼 번졌다.

이때까지야 좋았다. 분위기도 좋고 기분도 좋고, 곧 받게 될 돈 생각이야말로 진짜 좋고. 유튜버들이 전마협 건물 앞까지 찾아와 내 사진을 찍고는 전마협 뉴페이스, 오랜만에 나온 대형 신인 마법소녀 같은 타이틀과 함께 인터넷에 올렸을 때까지도, 상황은 물론 기분도 그렇게 나쁘지 않았다. 집주인이 내가 마법소녀라는 걸 알게 된 것이나(집주인은 마법소녀가 자기 건물에 산다니 얼마나 영광인지 모른다고 호들갑을 떨었다) 동네에서 알아보는 사람이 좀 생긴 것 말고는 큰 불편이 없었고, 초중고 동창들이 유튜브 댓글창에 모여 사이버 동창회라도 열린 듯 나를 추억해주는 건 약간 낯부끄러우면서도 뿌듯했다. 하지만 아로아는 못내 걱정스러운 눈치였다. 늦든 빠르든 마법소녀로서 얼굴을 알리게 되는 일은 불가피하겠지만, 가능한 한 대외적으로 노출되지 않는 편이 안전하다는 것이었다. 글쎄요, 그치만 여차하면 그 문제도 제 능력으로 해결할 수 있지 않을까요. 나는 아로아를 안심시키려고 그렇게 말했는데, 말하고 보니 나도 모르게 과한 자신감을 내비친 것 같아 쑥스러웠다. 그래도 큰일을 내 힘으로 해결한 직후여서인지 그런 말을 하고도 아무렇지 않았다. 그때까지는.

분위기가 슬슬 변한다 싶었던 시점이 정확히 언제였더라? 사건 사흘 지나서였나, 나흘 지나서였나. 누출 사고 피해자의 가족이라는 사람이 인터넷에 글을 올린 모양이었다. 혼수상태에 빠졌던 피해자가 간신히 정신을 차렸는데, 원인 모를 후각 상실 증세를 보인다는 거였다. 알려진 바 누출된 물질에는 여러가지 부작용이 있지만 후각 상실은 해당되지 않는다고, 마법소녀라는 것들이 뭔가 이상한 수작을 부려놓은 게 분명하다고 성토하는 글인 듯했다. 전마협에서는 관련 기사가 보도된 다음에야 상황을 얼추 파악할 수 있었는데, 그즈음에는 원본 글이 이미 삭제된 상태였다.

글이 삭제되었다는 사실을 둘러싸고서도 명예훼손을 당할 수 있다는 경고 댓글 탓이라는 둥, 피해자 유족(아무도 안 죽었다니까요?)이 전마협의 협박을 받았기 때문이라는 둥 여러 추측들이 바쁘게 오가고 있었다. 이런 분위기 속에서 후속 보도를 재빨리 내놓지 않는 언론은 전마협의 사주를 받은 나팔수라 욕을 먹었고 마법소녀들 덕에 목숨을 구했다며 감사를 표한 피해 당사자의 증언은 궁지에 몰린 전마협의 주작으로 몰렸다. 한술 더 떠 사고 자체가 전마협의 자작극이라는 음모론도 제기되고 있었다. 왜 하필 대부분의 마법소녀가 능력을 거의 잃은 것으로 밝혀진 지금 그런 사고가 났으며, 어떻게 아무도 죽지 않았냐고 따져 묻는 식으로.

희생의 마법소녀라는 불명예스러운 호칭은 그렇게 생겨났다.

"다들 기다리셨지요?"

의장님은 지친 기색이었지만 의연한 목소리로 인사하며 들어오셨다.

"어서 오세요. 고생 많으셨죠."

"간담회는요? 잘 끝났어요?"

아로아와 최희진이 거의 동시에 말했다. 의장님은 맞은편 소파에 앉아 이마를 짚은 채로 천천히 고개를 끄덕이셨다.

"어찌어찌 마무리는 된 것 같습니다. 전마협이 받기로 한 기업 사례금을 전액 피해 보상금 액수에 더하는 걸로…… 이만하길 다행이지요."

나는 부끄럽고 죄송한 마음에 고개를 푹 숙였다.

애초에 내가 능력을 신중하게 사용했더라면 없었을 문제였다. 사고 후유증으로 혼수상태에 빠진 피해자들이 정신을 되찾을 때까지 숨을 쉬지 않을 거라고는…… 상상도 못했기 때문이었다. 내 마법 때문에 무호흡 시간이 비약적으로 늘어난 피해자들은 무호흡 혼수상태로도 경이로울 만큼 오랜 시간 생존할 수 있었지만, 깨어나서는 그 백배에 달하는 시간 동안 후각을 사용하지 못하게 되어 있었다. 혼수상태가 만 하루 동안 지속되었다면 백일 동안, 이틀 동안 지속되었다면 이백일 동안 후각이 마비된다는 것이었다. 대부분은 다행히도 구조 후 십분에서 한시간 사이에 정신을 차렸지만, 모두가 그렇게 운이 좋지는 못했다.

왜 정말로 사과해야 할 때는 사과가 잘 나오지 않는 걸까?

물론 나는 답을 알고 있었다. 고작 나의 사과 따위로는 어림도 없을 만큼 큰 잘못을 저질렀기 때문. 죄송하다면 다야?라는 말이 돌아올까 두려워, 사과만큼은 오히려 절대로 할 수 없을 것 같은 기분.

"제가 다시 마법을 걸게요."

나는 꽁꽁 모은 양 무릎 위에 올려둔 두 주먹에 힘을 꽉 주고 말했다.

"제 수명이라도 걸고…… 회복을 빌면 어떨까요."

"언니 미쳤어?"

"그런 말은 싫어요."

내가 블랙카드를 꺼내들며 한 말에 최희진과 아로아가 거의 동시에 반발했다. 짧은 침묵이 흐른 후에 의장님이 입을 여셨다.

"물론 복구가 필요하겠지요. 그렇지만 그 대가는 좀더 경제적이었으면 좋겠군요. 조합원의 안전은, 물론 그 개인에게 가장 중요하겠지만 조합에도 의미가 큽니다. 그러니 그런 말은 말아요."

많이 돌려 말씀하시긴 했지만 내 목숨도 피해자들의 회복만큼 가치가 있다는 이야기인 듯했다. 나는 그런 염려를 받을 만한 사람이 맞을까? 사과를 못하겠어서 자해 협박 같은 말을 해버린 내가……

"죄송합니다."

사과는 그제야 간신히 나왔다. 참았던 눈물이 터져 주먹 쥔 손등 위로 뚝뚝 떨어졌다. 화학공장 사고 피해자 회복 대책에 대한 논의는 한참이 지나서야 겨우 시작할 수 있었다.

*

우리말에는 쪽이 팔리다,라는 말이 있다. 쪽이 뭔데 팔린다는 걸까(할아버지가 나쁜 말이니 생각도 하지 말라고는 했지만) 궁금해서 찾아보니 사전에도 버젓이 있는 말이었다. 얼굴을 속되거나 상스럽게 이르는 거라던가. 원래 사물에나 사람에게나 이름다운 이름이랄까, 그에 가장 잘 맞는 이름이 붙게 마련이라 생각해왔기에 나는 의아했다. 눈은 눈답고 시계는 시계 같지. 아로아는 아로아 말고 다른 이름을 상상할 수 없지. 그런데 쪽이라는 건 하나도 얼굴 같지 않은 말이잖아. 얼굴을 가리고 싶을 만큼 창피할 때 쪽이 팔린다는 말을 하게 된 건 도대체 왜일까?

어쩌면 어른이 된다는 건 쪽팔린다는 말이 무슨 뜻인지를 정확히 이해하게 되는 걸지도 모르지.

금요일 오후 한시경 나는 공덕역 대형마트 고객센터를 기웃거리고 있었다. 개중 덜 바빠 보이는 직원을 붙들고 직원 탈의실이 어디냐고 물을 요량이었다. 도착하면 곧장 탈의실로 오라고 했는데, 난생처음 방문한 마트에 직원 탈의실이 어디 붙어 있는지 알 도리가 있겠냐고. 그렇게 물어물어 도착한 직원 탈의실에서는 마침 용역관리 팀장이라는 명패를 목에 건 사람이 나오고 있었다. 초행이라 헤매는 나를 찾으러 나오는 길이었을 듯한 팀장은 집주인 또래의 중년 여성이었다.

"리리 언니 하러 온 분 맞죠?"

탈의실 안으로 들어가자 팀장은 우리 둘 다 알고 있는 사실을 재차 확인한다는 투로 물었다. 손을 배꼽 아래 모으고 약간 구부정한 자세로(즉, 조금 굽신거리는 태도로) 서 있던 나는 난처함을 숨기려고 살짝 웃으며 답했다.

"저는 시식 코너인 줄…… 알고 왔는데요."

팀장은 접객용일 듯한 환한 미소(웃기 실력으로 치면 그쪽이 나보다 프로인 건 당연했다)를 띠며 말했다.

"시식 코너 시킬 거면 굳이 왜 이십대를 뽑았겠어요? 옷 사이즈 몇 입죠?"

"육육이요."

반사적으로 말하고 나는 얼른 덧붙였다. 저 보건증도 가지고 왔는데, 혹시 몰라가지고. 피시방 알바 때문에 검사했었거든요. 흠, 하고 내 말을 흘려들으며 유니폼 캐비닛을 뒤지는 팀장을 보고 있자니 옷 사이즈 말고 나이를 말했어야 했다는 생각이 들었다. 제가요, 이십대가 맞긴 한데 이제 서른에 더 가깝거든요? 리리 언니라면 그거죠? 그거잖아요, 그……

"여기 있네."

팀장은 화색이 도는 얼굴로 내가 입어야 할 유니폼을 집어 내게 건넸다. 통기성이라곤 눈곱만치도 없게 생긴 옷감이 바스락바스락 비벼지며 내게 속삭이는 것 같았다. 도망치라고.

"제가 해야 할 일이 정확히 뭔가요?"

"이거 입고 그냥 서 있으면 돼요. 애들이 같이 사진 찍자면 찍어주고. 이렇게 **쉬운 일**이 또 있을까? 할 수만 있으면 내가 하고 싶네."

진심인가요? 진심으로 이, 잠자리 눈알 색 같기도 하고 똥파리 몸통 색 같기도 한, 색종이 오려 만든 드레스 같은 걸 입고 싶단 말인가요? 나는 직원 탈의실의 형광등 불빛을 오색으로 반사하는 유니폼을 받아들고 잠깐 숨을 골랐다.

"이런 건, 그러니까 리리 언니 판촉 행사 같은 건, 저……
키즈빌리지? 그 브랜드에서 진행하는 거 아닌가요?"

"가정의 달 같은 특수 시즌에는 그렇게 하는데, 평소엔
그냥 우리가 관리해요."

리리 언니는 어느 장난감 제작사에서 마법소녀 열풍에
힘입어 내놓은 마법소녀 콘셉트의 인형이었다. 현실의 마
법소녀에게 변신은 능력을 한층 강화하는 수단이지만, 리
리 언니는 변신이 능력 그 자체라서 파란 머리도 될 수 있
고 갈색 머리도 될 수 있고(이론상 대머리도 될 수 있어야
할 테지만 그런 건 아마 수요가 별로 없겠지……) 변호사
도 플로리스트도 아이돌도 테니스 선수도 될 수 있었다.
시무룩하고 창백하게 질린 얼굴을 한, 서른살에 가까운
일일 알바생이라도 리리 언니는 될 수 있는 것이었다.

별 수 없지. 눈 딱 감고 시간 채우고 가자.

척 봐도 경력이 이십년은 훌쩍 넘을 듯한 팀장에게 저
이거 못하겠어요,라고 말하기에 나는 기가 너무 약했다.
살면서 한번쯤 이런…… 드레스도 입어볼 수 있는 거지

뭐. 게다가, 그래도 마트는 시원하잖아. 컴퓨터 돌아가는 열기랑 라면 끓이는 화기 때문에 아무리 냉방을 틀어도 시원찮은 피시방이랑 비교하면 천국일걸. 나는 필사적으로 이 일의 장점을 찾으려 애쓰며 입고 왔던 티셔츠를 걸어올렸다. 팀장은 탈의실을 나서다 말고 덧붙였다.

"근데, 너무 맨얼굴이신데? 거울 앞에 공용 루주 하나 있어요. 그거라도 발라요."

그리하여 금요일 오후 한시 반, 곤충 눈깔 색 드레스를 입고 (덤으로 얼굴색을 더 어두워 보이게 만드는 새빨간 립스틱을 바르고) 공덕역 대형마트 장난감 코너에 섰을 때 나는 자연히 알게 되었다. 아, 이게 바로 쪽팔림이구나…… '쪽'이 분노나 짜증, 서러움 또는 슬픔 같은 감정 대신 창피함을 뜻하는 말이 된 이유는, 아무리 팔기 싫어도 팔아야만 해서였구나. 뭔가를 견뎌야 하는 상황은, 더욱이 그걸 누군가에게 들키는 상황은 언제나 얼굴을 들기 어려울 만큼 창피한 일이니까.

"어머, 마법소녀다! 신기하다, 그치?"

평일이어선지 생각보다 고객은 많지 않았지만(마트 측

엔 안됐지만 나에게는 다행이었다) 아이를 동반한 젊은 부모들은 지나갈 때마다 반드시 부자연스러운 고음으로 목소리를 돋우어 그 말을 외쳤다.

마법소녀다! 같이 사진 찍을래?

그들이 리리 언니라는 이름 대신 마법소녀로 나를 지칭하는 게 내게는 못내 신경 쓰이는 점이었다. 나를 알아본 게 아닐까? 유튜브에서 내 얼굴을 본 게 아닐까? 그 영상에 댓글을 달진 않았을까? 무능의 마법소녀라느니, 마법소녀가 아니라 마녀라느니 하는 댓글을 단 것이 바로 내 앞에 있는 이 사람은 아닐까? 그런 생각들을 하면 할수록 나는 움츠러들었고, 영 웃지 못하는 마법소녀의 곁에서 사진을 찍은 어린이와 그 보호자들은 떨떠름한 표정으로 자리를 떴다.

애초에 이따위 알바 하러 오는 게 아니었는데.

요즘 들어 집주인은 부동산에 집을 내놓을지 말지 하게 얼른 답을 달라는 재촉 메시지를 하루에 한통꼴로 보내오지(이 집 보증금 천만원까지 올릴 순 없다던데요,라는 말은 일언반구도 꺼내지 못했다), 모처럼 목돈이 생기려나

기대하게 만들었던 사례금은 받아보지도 못하고 날렸지, 더더욱 돈 모으기에 매진해야만 하는 상황에 당일치기 행사 알바 치고 시급이 높아 허겁지겁 달려온 참이었다. 탓해야 할 사람도 탓할 수 있는 사람도 떠오르지 않았고 헛웃음만 푹푹 났다. 그래도 한시간만 견디면, 삼십분만 견디면…… 리리 언니 유니폼에 딸린 보석 가방 속 휴대폰을 몰래 보며 시간을 재는 것만이 유일한 숨통이었다.

"언제 끝나요?"

근무시간이 십여분 남았을 무렵, 등 뒤에서 들려온 목소리는 분명 아로아의 것이었다. 홱 돌아서서 방긋 웃는 아로아의 얼굴을 보았을 때, 나는 너무 반가워서 아로아를 껴안고 싶었지만 그러지 못했다. 내가 어떤 몰골인지 알고 있었으니까. 그래도 나는 아마…… 웃었던 것 같다. 아로아가 웃어서. 아로아는 뒷짐을 진 채 사랑스럽고도 장난스러운 표정으로 고개를 기울이며 물었다.

"끝나고 시간 어때요?"

마법소녀
출장 갑니다

아로아가 부른 택시를 타고 함께 집으로 돌아가는 길, 아로아는 내게 어째서 그런 일(어떤 일을 말하는 걸까? 진짜 마법소녀면서 **마법소녀 캐릭터 코스프레**를 하는 일?)을 하고 있었냐고 물었다. 나는 돈이 아주 많이 필요하다고 솔직하게 털어놨다. 아로아는 미소 띤 얼굴로 물었다.

　"무슨 소리예요, 입금 알림 안 왔어요?"

　내가 입금 알림을 놓칠 리가 있나, 미심쩍어하면서도 혹시나 싶어 열어본 은행 앱에는 놀라운 숫자가 찍혀 있었다. 무려 오백만원! 보석 가방 속으로 휴대폰을 만지작거리던 사이 입금 알림 팝업이 지워져버린 모양이었다.

"기업 사례금은 피해자분들께 양도하기로 했지만, 국가 포상금도 있잖아요."

숫자를 보고 그렇게 큰 감동을 받은 건 어릴 적 시계를 읽을 수 있게 된 날 이래로 처음이었다. 이게 내가 번 돈이라니, 내 돈이라니…… 돈 때문에 한 일은 아니었지만(사실 아주 아닌 건 아니기도 했지만) 생각지도 못한 거금을 만지고 보니 앞으로는 더더욱 열심히 해야겠다는 생각이 들었다.

"그 돈이면 충분해요?"

"아직 모자라요."

집주인이 말한 돈에 못 미치긴 해도 크나큰 진일보인 건 분명했다. 오백만원이면 올려달라던 보증금 액수의 절반이잖아? 일단 이만큼 주고 금방 더 모아서 줄 테니 좀 봐달라고 사정해볼 만한 여지가 있지. 원래 수중에 있던 백만원 될까 말까 한 돈으로는 그럴 엄두도 안 났으니 큰 차이가 있단 말이지. 조만간에 사건 하나 수습하면 또 금방 목돈을 만질 수 있을지도 모르고(이런 생각은 마치 사람들이 위험에 처하는 사건 사고가 꼭 일어나줬으면 하는 바람 같아서 좀 그렇지만).

"기사님, 미터기 켜놓고 잠시 여기서 기다려주실 수 있을까요?"

집 앞에 도착해 택시 문을 열자 아로아가 말했다.

"우리 며칠 어디 다녀와야 해요. 갈아입을 옷 몇벌 챙겨서 나와요."

서두르라는 듯 내 엉덩이를 톡톡 두드린 다음 아로아는 택시 뒷문을 닫았다. 그냥 집에 데려다주려고 찾아온 게 아니었구나. 그럼…… 또 사건이 있다는 의미인가? 나는 허둥지둥 계단을 내려가 집에서 가장 큰 가방(원래는 할아버지가 쓰던 볼링화 가방이었다)을 꺼내 티셔츠 네벌, 바지 두벌을 챙긴 다음, 잠깐 고민하다가 팬티 다섯장과 수건 두장을 더 담고 지퍼를 잠갔다. 어차피 샌들 신을 거니까 양말은 필요 없겠지. 집을 나와 계단을 반쯤 올라갔을 때, 마침맞게도 집주인이 위층에서 내려오고 있었다. 집주인이 이렇게 반가운 적도 처음이었기에 나는 먼저 인사를 건넸다.

"안녕하세요!"

"아이구."

집주인은 작게 탄식하더니 나보다 한발 먼저 공동현관을 나섰다. 나는 볼링 가방을 어깨에 걸치고 두계단씩 펄쩍펄쩍 뛰어올라 집주인을 따라잡았다.

"아주머니, 지난번에 보증금 올려달라고 말씀하신 거 있잖아요."

"그랬나, 그랬지. 응."

집주인은 눈알을 이리저리 굴리며 산만하게 대답했다.

"저, 금방 돈 구할 수 있을 것 같아서요."

"아이, 뭘 그렇게 신경을 써. 잊어버려 그냥."

"예? 잊어버리라니요, 보증금 그대로란 뜻으로 생각하면 될까요?"

잘 보니 집주인의 산만한 태도에는 이유가 있었다. 나와 눈을 마주치지 않으려 애쓰면서 내가 무슨 말을 하든 거절할 준비를 하고 있는 것 같았다. 그래도 나는 일말의 희망을 놓지 않고 물었다. 보증금이 그대로라면 더는 아등바등 애쓸 필요도 없고, 지체 없이 리볼빙 빚부터 갚으면 되니까. 집주인은 끙 하는 신음소리를 길게 내더니 꾹

깨물어 안쪽으로 말려들어갔던 입술을 뻗으며 대답했다.

"있지, 아가씨. 내가 생각을 좀 해봤는데요."

"예.(불길하게 왜 갑자기 존댓말을?)"

"그냥 이사 가주면 안 될까?"

골프채나 하키채, 야구배트, 하다못해 탁구채…… 그러니까 그립감 좋은 둔기로 머리를 공처럼 깡 얻어맞은 듯한 기분이 들었다. 혹은 그 반대, 볼링공에 맞아 와르르 쓰러진 볼링핀처럼 속이 무너져내리는 것 같았다. 집주인은에라 모르겠다는 투로 말을 이었다.

"나야 101호 처녀 착한 거 잘 알지. 근데 생전 아가씨 본적도 없는 우리 아저씨가 동네 시끄럽다고 어떻게 좀 해보라네. 아유, 우리 101호 처녀가 무슨 잘못이 있겠냐만은, 또 나라고 무슨 힘이 있겠어?"

흐린 머릿속에서 무슨 대답이라도 끄집어내보려고 애쓰던 차에 바로 옆에 서 있던 택시가 경적을 빵, 울렸다. 얼른 타라는 뜻이겠지. 그 소리에 겨우 정신을 차릴 수 있었다. 화를 내거나 울지 않고 침착하게 대화를 종결할 최소한의 정신력을 발휘해 말했다.

"말씀 중에 죄송한데 제가 일단은 가봐야 해서."

"그래그래, 바쁠 텐데 얼른 가. 나도 가야 돼."

집주인은 인사 같지 않은 인사를 남기고 줄행랑을 쳤고 나는 천천히 걸어가 택시 뒷좌석 문을 열었다. 아로아는 내 볼링 가방을 받아 뒷좌석 가운데에 놓고는 담담한 투로 말했다.

"걱정하지 말아요. 더 좋은 집이 있을 거예요."

모르긴 해도 내 얼굴은 붉게 달아올랐을 것이다. 방금 내가 겪은 일이 다름 아니라 쫓겨나기라는 사실을 나는 아주 느리게 이해하고 있었다. 어째서인지 쫓겨난다는 게 창피한 일이라는 점에 대해서도. 내가 뭘 잘못했지? 쫓겨난다는 건 일반적으로 뭔가를 잘못했거나…… 어떤 기준에 부합하지 못했을 때 일어나는 일잖아. 나는 보증금을 내려고 애썼고, 그 돈을 버느라 알지도 못하는 사람들을 구해주었고, 그 과정에서 약간의 실수를 저지르긴 했지만…… 그 실수가 이 집에서 쫓겨나야 할 만한 이유는 아닌 것 같았다. 내가 집주인한테 무슨 잘못을 저지른 거지? 만난 적도 없는 집주인의 배우자에게는?

그러다 문득 아로아가 어떻게 알았지? 하는 생각이 든 것은 택시가 출발하고 난 뒤, 그러니까 시간이 조금 흐른 다음이었다. 택시는 빌라 공동현관 앞에 바싹 붙어 있었지만, 집주인은 뭔가 남부끄러운 얘기라도 한다는 듯(그야 뾰족한 잘못도 없는 세입자를 쫓아내는 거야말로 잘못된 일일 테니까) 작은 소리로 말했고 뒷문은 단단히 닫혀 있었으니 아로아가 나와 집주인의 대화를 들었을 리는 만무했다. 청력이 비현실적으로 좋든가 마법이라도 부린 게 아닌 다음에야.

마법?

그러고 보니 아로아는 내가 오늘 마트에서 당일치기 알바를 뛰고 있다는 걸 어떻게 알고 찾아왔지? 나는 뒤늦은 깨달음에 살짝 소스라치며 아로아를 바라보았다. 마력이 돌아온 걸까, 예언의 마법소녀 아로아에게? 내가 곧 자기를 쳐다볼 것까지 이미 예상하고 있었다는 듯, 아로아는 빙긋 웃으며 손을 펼쳐 쥐고 있던 물건을 보여주었다.

"그게 뭐예요?"

"보조 배터리예요."

"그게요?"

아로아의 손바닥 위에 놓인 물건은 희고 예쁜 조약돌이었다. 요즘 기술이…… 그렇게 좋은가? 다소의 혼란을 느끼며 고개를 시원찮게 끄덕이려는 찰나, 아로아가 내 쪽으로 몸을 살짝 기울이고 속삭였다.

"연리지 의장님이 만들어주신 거예요. 마력 보충용."

*

저녁을 대신해 고속버스 터미널에서 파는 어묵과 크림빵을 사먹었다. 어묵은 내가 먹자고 했고(터미널 입구에 들어서니 국물 냄새가 진하게 풍겨와 저항할 수 없었다), 어묵을 다 먹고 나서도 아직 배가 덜 찼다며 빵집에 가자고 한 건 아로아였다. 멀미약과 탄산이 들어간 자양강장음료를 사는 아로아를 졸졸 따라다니고 있자니 아무래도 이건 출장보다는 여행을 떠나려는 상황 같다는 생각이 들었다. 여행…… 할아버지가 다 나으면 같이 전주나 원주, 경주, 아무튼 주 자로 끝나는 이름을 가진 멋진 도시에 가

보자고 약속한 적도 있었지. 뭐 먹고 싶은 것 있냐고 묻는 아로아에게 알로에주스를 집어 내밀고서 나는 할아버지 생각에 잠겼다. 할아버지가 살아 계셨다면 어디 어린애한테 집 가지고 장난질이냐고 집주인에게 호통을 쳐주었을 거란 생각. 애초에 이렇게 혼자 살다가 편 들어주는 사람 하나 없이 내쫓기는 일도 없었을 거란 생각. 무슨 생각을 그렇게 하냐는 물음에 비로소 정신을 차리니 아로아가 병 표면에 물이 맺힌 알로에주스를 건네주고 있었다.

목적지는 포항이었다. 소요시간은 세시간 사십분. 알로에주스를 마시면서 아로아가 챙겨온 자료를 봤다. 어둡고 흔들리는 버스 안에서 종이에 인쇄된 글자를 읽느라 멀미가 날 것 같다고 말하자 아로아는 휴대폰을 집어들었다.

"이 영상을 먼저 보는 게 좋겠어요."

영상은 고풍스러운 피리 소리와 함께 시작되었다. 폭포와 자연 풍경이 이어지다 붓글씨처럼 화면을 한획 한획 부드럽게 수놓는 자막이 나왔다.

성지.

"성지가 뭐예요?"

"일단 봐요."

땅 중에 높은 것을 봉이라 하고 낮은 것을 곡이라 한다. 봉에는 빛이 닿고 곡에는 물이 고인다. 고이는 것에는 무게가 있다. 무거운 것은 더 아래를 향한다.

힘의 성질이 이와 같다.

물이 증기와 습기의 형태로 모습을 감추듯 힘도 우주 어디에나 그 존재를 숨긴 채 고여 있다. 깊은 곡에 물이 모이듯 힘 또한 낮은 자리에 고여 그 주인을 기다린다. 이렇듯 힘이 스민 땅을 옛 사람들은 명당이라 일컬었다. 명당의 기운을 입어 태어난 이들은 장사라고 하였다.

시절이 변하여 장사는 마법소녀가 되고 명당은 성지가 되었다.

"이거 진짜 뭐예요?"

귀에 이어폰을 꽂은 내가 새된 소리로 묻자 아로아가

쉿, 하며 입술 앞에 검지손가락을 세웠다. 아차, 목소리가 너무 컸나. 그렇지만 여러모로 수상한 영상이었다. 자막을 따라 산수화가 그려지더니 어떤 소녀의 뒷모습이 나타났고, 소녀가 뒤돌아 얼굴을 드러내려던 순간 펼친 손바닥에서 뻗어나온 여러 줄기의 빛이 화면을 하얗게 표백시켰다. 나는 영상을 넘겨 소녀의 얼굴이 나오는 장면을 찾았다. 가능하면 얼굴이 정확하게 나온 장면을 포착하고 싶었지만, 양 눈이 흐릿하게 나온 프레임 하나가 고작이었다.

"이 사람 마법소녀예요?"

이어폰을 빼고 의식적으로 목소리를 낮추며 아로아에게 묻자, 아로아는 살며시 고개를 저었다.

"진짜 마법소녀일 가능성은 거의 없는 걸로 보여요."

"이 영상은 누가 만든 거예요?"

유튜브에 표시된 게시자의 이름은 극동마법소녀전진본부(極東魔法少女前進本部)였다. 전마협이 국내에서 유일한 마법소녀 연대 단체가 아니라는 것은 알고 있었지만, 게다가 마법소녀로 각성한 지 얼마 안 된 나는 여타의 마법소녀 단체명을 많이 알지 못하는 편이긴 했지만, 이런

저런 조건들을 감안하더라도 난생처음 듣는 이름 같았다. 아로아는 내게서 걷어갔던 종이를 다시 내밀며 문서 중반쯤을 짚어 보였다. 마법소녀 사유화에 반대하는 모임. 왜 어디서 들어본 것 같지? 어디서 들었더라…… 미간을 찌푸리며 기억을 더듬는 내게 아로아가 속삭였다.

"예전에 우리, 마법소녀 박람회 갔던 거 기억해요?"

그러고 보니 그런 적이 있었지. 그 직후에 최희진을 따라 히드로공항에 갔던 기억이 하도 강렬해 박람회의 인상은 (열심히 준비해주신 분들께는 죄송하지만) 흐리마리했다. 그때 내가 뭘 봤더라. 마법소녀 학원 홍보 부스도 있었고, 마법소녀 에이전트 부스도 있었고, 또……

"종교단체라고 주의를 줬던 곳이요."

아로아의 말에 비로소 그날 본 부스의 모습이 떠올랐다. 종교단체라는 말을 듣고 보니 영상에서 풍기던 묘한 분위기도 무엇을 표현하려 한 것인지 알 것 같은 느낌이 들었다.

"여기 가서 그럼…… 이 교단을 **쳐부수는** 건가요?"

나름대로 심각한 질문이었지만 아로아는 웃었다.

"언제부터 그렇게 난폭해졌어요?"

머쓱해져서 따라 웃자 아로아는 극동마법소녀 어쩌구 하는 채널에서 새로운 영상을 찾아 틀었다. 방금 전의 영상과는 사뭇 다른 분위기라고 할까, 몽환적인 파스텔톤으로 연출한 영상이 나왔다.

"변신을 하네요."

"변신을 하죠."

"연출된 걸까요?"

"연출된 거겠죠."

아마도 이전 영상에서 뒷모습으로 출연했던 바로 그 소녀로 추정되는 인물이 변신을 선보이는 짧은 영상이었다. 일전에 보았던 아로아의 변신이나, 각성하던 순간 내가 경험했던 변신(물론 나는 나의 변신 장면을 제삼자의 시각으로 볼 수 없었기 때문에 잘 모르긴 해도)과는 느낌이 달랐다. 말하자면 꼭……

"만화영화에 나오는 변신 장면 같죠?"

아로아의 말에 나는 얼떨떨한 심정으로 고개를 끄덕였다. 그건 분명 영상을 촬영하고 나서 사후적으로 덧입혔을 반짝거리는 시각효과나 만화영화 주제가 같은 배경음악 때문만은 아니었다. 영상 속 소녀가 입고 있는, 나비 날개같이 하늘거리면서도 오묘한 색채로 빛나는 한복 콘셉트의 미니 드레스 때문도 아니었다. 변신 장면 내내 피겨 스케이트 선수처럼 빙글빙글 돌다 마침내 멈춰 섰을 때 보인 얼굴이, 이전 영상에서 끝끝내 보여주지 않았던 그 소녀의 얼굴이 **비현실적으로** 예쁘기 때문이었다. 자동으로 반복 재생되는 영상을 도통 끌 수가 없었다. 아로아는 차분하게 휴대폰 잠금 버튼을 누른 다음 문서를 한페이지 넘겨 내게 건네주었다.

"그 사람 인적사항이에요."

아로아가 영상을 꺼준 덕에 어렵사리 정신을 차린 나는 멀미를 예방하는 차원에서 의자 등받이를 뒤로 조금 젖히고(다행히 뒷좌석에 아무도 없어서) 문서를 다시금 찬찬히 살펴보기 시작했다. 이름 안지아. 나이 17세(진짜 소녀네). 경북 안동 출생. 비고, '마법소녀 사유화에 반대하는 모임(前)' '극동마법소녀전진본부(現)'에서 우주 유일의 진정한 마법소녀라 주장하는 인물. 능력 미상. 소속 단체

내에서는 통칭……

"모든 것의 마법소녀?"

나는 등받이에 깊이 기댄 자세 그대로 아로아를 향해 고개를 돌렸다. 바로 그 순간, 언제부터인지 꾸벅꾸벅 졸고 있던 아로아가 내 쪽으로 쏟아지듯 기대왔다.

마법소녀를
믿습니까

화학공장 피해자 모임 의사 조율하랴 극동 어쩌구 단체 조사하고 출장 나오랴, 한동안 눈코 뜰 새 없이 바쁘고 고됐을 아로아를 깨우고 싶진 않았다. 다만 아로아가 깨어 있다면 이렇게 묻고 싶었다. 모든 것의 마법소녀라니, 그런 게 가능해요? 그게 왜 마법소녀예요? 신…… 아닌가요, 모든 것의 마법소녀라면? ……하긴 그러니까 종교의 구색을 갖출 수 있었던 거겠지. 꽤 큰 의구심과 황당함에도 불구하고 오래 지나지 않아 단순한 결론에 이를 수 있었다. 신이라는 칭호를 마법소녀로 바꾸고 신 대신 마법소녀를 숭배할 뿐이구나. 우리가 타고 있는 버스처럼 종착

지가 확실하게 정해져 있는 생각이었다.

마법소녀가 되는 건 조금 보기 드문 자격증 하나를 따는 거나 마찬가지인데, 사람들이 그런 이유에서 변호사나 플로리스트를 숭배하진 않잖아요?

박람회장에서 마법소녀 사유화에 반대하는 모임 부스를 지나칠 때 아로아가 했던 말이 문득 떠올랐다. 그때 아로아는 그 단체를 두고 종교색과는 별개로 아직까진 위험하다고 볼 수 없는 곳이라고 평가하기도 했다. 그런데 아로아는 왜 날 그곳으로 데려가려 할까, 불과 몇달 사이 위험한 기류가 발생하기라도 한 걸까?

아로아를 따라 꾸벅꾸벅 졸다보니 어느덧 열한시를 넘겨 포항버스터미널에 도착했다. 아로아는 캐리어를 끌고 앞장서서 택시를 잡고는 미리 예약해두었다는 호텔로 나를 안내했다. 할아버지의 볼링 가방을 든 나는 부랴부랴 아로아를 따라 걷고, 뛰고, 차에 타고, 호텔로 가 옷을 벗고 욕조에 들어갔다.

"아, 좋다."

커다란 욕조에 몸을 누인 아로아는 거품 밖으로 발을

내밀어 수전 옆에 얹으며 중얼거렸다. 아로아와 마주보는 자세로 앉은 나는 발을 꼼지락거리며 버스를 타기 직전에 하던 생각을 되새기고 있었다. 출장이라는 걸 난생처음 해보는 처지라서 내가 뭘 모르긴 하지만, 역시 아무래도 이건 출장 같지가 않다는 생각.

"쉴 수 있을 때 푹 쉬어둬야 해요. 내일은 어떻게 될지 모르니까."

아로아는 거품을 모아 어깨에 문지르며 말했고, 예언의 마법소녀가 내일 일을 모른다고 말하는 게 조금 이상하다고 생각하며 나는 웃었다.

"내일 어떻게 할 건데요?"

"일단은 면담을 신청할 계획이에요. 그쪽에서는 안지아가 유일무이한 마법소녀라고 주장하고 있고, 전마협에서는 늘 새로운 마법소녀를 찾아 입회를 제안하고 있으니까 대화를 제안할 명분은 충분하죠."

"잘 안 되면요?"

"잘 안 되겠죠."

"그러니까 잘 안 되면……"

나는 거듭 물었지만 아로아는 생각에 잠긴 듯 대답이 없었다.

목욕을 마치고 널찍한 침대에 눕자 아로아가 불을 꺼주었다. 호텔에서는 침대에 누운 채로도 불을 끌 수 있구나, 다른 게 아니라 이게 마법 같다, 촌스러운 생각을 하며 잠을 청하려던 차에 아로아의 목소리가 들려왔다.

"아마 잘 안 될 거예요. 그쪽에선 다른 마법소녀의 존재를 인정하지 않으려고 하니까, 정확히는 자기들 사상에 공감하지 않는 마법소녀는 진정한 마법소녀가 아니라고 하니까요. 대화의 여지 자체가 없다고 생각할 가능성이 크겠죠. 그런데 잘 안 된다는 게 대화 차원에서인지, 좋은 말로 안 끝나서 실력 행사를 각오하는 게 좋겠다는 의미인지는 저도 아직 모르겠어요."

버스 안에서 잔 쪽잠 탓인지 바로 잠이 오진 않았다. 나는 아로아를 향해 돌아누워 물었다.

"아로아는 미래를 알 수 있잖아요."

"예언의 능력은요."

아로아는 긴 숨을 내뱉어 호흡을 고른 뒤에 나직하고

나긋한 목소리로 대답했다.

"미래 그 자체를 보는 능력이라고 할 수는 없어요. 여러 가지 가능성이 동시에 눈앞에 떠오른다는 말, 했던가요? 어떤 때는 떠오른 장면들 뒤로 펼쳐질 미래가 보이기도 해요. **미래 너머의 미래**가요. 예를 들어 내가 내일 점심에 햄버거를 먹는 미래, 비빔밥을 먹는 미래, 감자전을 먹는 미래가 보인다고 쳐봐요. 그중 무엇이 진짜로 일어날지는 나도 몰라요. 그런데 그 모든 미래들 다음에는 단 하나의 미래가 기다리고 있는 거예요."

"어떤 미래요?"

"우리가 만나는 미래요."

결국은 미래를 볼 수 있다는 말 아닌가?

"내가 점심에 뭘 먹든 저녁에 우리가 만나는 일은 예정되어 있다는 거죠. 물론 미래 너머의 미래라는 것에도 여러 가지 경우의 수가 있기는 해요. 그중에서 가장 안정적이거나 피해가 적은 미래를 선택하는 게 예언자의 역할이죠. 가끔은……"

잘 이해되지 않는 이야기를 듣고 있자니 잠기운이 조

금씩 진해지는 것 같았다. 가끔은? 하고 잠에 취해 되묻자 아로아는 부스럭부스럭 뒤척이는 소리를 냈다. 나를 향해 돌아눕고 있는 모양이었다.

"미래는 이미 정해져 있다는 걸 확인할 뿐이라는 생각에 무력감이 들기도 해요. 하지만 요즘은요, 이미 정해져 있는 미래가 나를 받아주는 거란 생각도 들어요."

"미래가 나를 받아준다고요?"

"네, 내가 최선을 골라도 최악을 골라도 바뀌지 않을 미래요. 당장의 내 선택으로 인해 미래가 어느 정도 영향을 받긴 하겠죠. 그렇지만, 그러면 미래도 최소한의 변화로 내게 몸을 맞춰오려 하는 것 같아요. 우리는 미래를 선택하려 하지만, 미래는 우리에게 적응하려 해요. 그걸 알고 있는 사람은 나뿐이지만. 말하자면 그게 예언자와 미래의 관계가 아닐까요."

미래……

"그러니까 예언의 마법소녀로서 내가 맡은 역할은, 미래를 보는 게 아닐 거예요. 미래를 믿고 미래에게 말을 거는 걸 거예요. 부디 우리의 선택을 포용해달라고."

믿는다는 말이 나왔으니 말인데…… 나도 아로아를 믿어요. 방금 한 얘기는 무슨 말인지 잘 모르겠지만. 취한 사람처럼 그런 말을 홍알홍알 뇌까리고 나는 곧 잠이 들었다. 완전히 잠들어 정신을 놓기 직전, 아로아에게서 미래라는 단어를 하도 많이 들어 꿈에 이미래가 나올 것 같다는 걱정을 잠깐 한 것도 같았다.

*

"그런데 우리 왜 이렇게 불편하게 가고 있는 거예요?"

샌들을 신고 산길을 걷는 게 이토록 불편한 일인지 몰랐기에 불평이 절로 나왔다. 차가 다닐 걸 염두에 두고 만든 듯 풀포기 하나 없는 널찍한 길이었지만, 비포장길인데다 경사도 상당해 땀에 젖은 발바닥이 자꾸 샌들 밑창에서 미끄러지려고 했다.

방문해야 할 곳이 산등성이에 있다는 사실을 모른 게 패착이었다. 내가 무슨 재주로 그걸 알았겠어, 아로아도 아침에야 겨우 어디로 가야 할지를 알았다고 했는데. 구체적인 위치도 알 수 없대서 아로아가 그렇게 좋아하는 택시도 못 탔는데. 어릴 때 얘기긴 하지만, 할아버지를 따라 약수 터에 다니던 시절에는 슬리퍼를 신고도 거뜬했다는 것을 떠올리니 조금 서글프기도 했다. 할아버지 때문이 아니라 어느새 육신이 이렇게 낡아버린 걸까 하는 생각 때문에.

"불편해요?"

나는 그냥 걷고만 있는데도 숨이 턱끝까지 차 있었는데, 아로아는 평소와 다름없이 산뜻한 기색이었다. 호흡은 안정적이었고 땀 한방울 안 나는 듯 보였다.

"내 말은…… 희진씨가 문을 열어준다든가 의장님이 만든 도구를 사용한다든가, 그럴 수도 있지 않았냐는 거죠."

"희진씨는 이제 자기가 모르는 공간을 향해서는 문을 만들 수 없어요. 어디로 가야 할지를 내가 안내해주지 않으면."

화학공장 앞에서 아로아가 최희진의 손을 잡았던 건 그래서였나. 그리고, 그렇다면…… 예전에는 자기가 모르는 공간으로 가는 문도 열 수 있었다는 건가. 하긴 시간의 마법소녀 이미래와 최후의 결전을 벌인 무대가 최희진이 만든 아공간(亞空間), 즉 현실과 분리된 상상의 공간이었다는 점을 생각해보면, 능력이 저하되기 전 자기가 전마협의 에이스였다는 최희진의 주장이 허풍은 아니란 사실을 납득할 수 있었다.

"의장님은요?"

"의장님도 이제는 작은 물건밖에 못 만드세요. 원하는 곳으로 사람을 전송하는 도구 같은 건…… 시간을 충분히 들인다면 만드실 수도 있겠지만, 의장님 연세에 그렇게 오래 집중하면서 무리하면 건강에 치명적이겠죠."

그렇군. 그게 맞지. 두 사람이 제공하는 편의를 당연하게 생각하면 안 되지. 얼마간의 훈련과 실습을 거치는 동안 나는 내가 마법소녀를 그만두려 했던 이유를 거의 잊고 있었다. 최희진과 의장님이 이전처럼 자유롭게 능력을 쓸 수 없게 된 건 결국 나 때문이라는 사실. 사태의 책임을 업고 있는 마법소녀로서 두 사람에게 뭘 더 해줄 생각은 못할망정, 버릇처럼 그들의 능력에 의존하려고만 한 게 부끄럽게 느껴졌다.

"그리고 두분은 전마협을 지켜야죠. 우리가 이쪽에 와

있는 동안 그쪽에서 무슨 일이 벌어질지 모르잖아요. 이쪽 일은 누가 죽거나 다친 응급상황까진 아니기도 하고, 해결하는 데 며칠이나 걸릴지도 모르고."

"며칠이나 걸려요?"

"그럴 수도 있겠죠."

안 되는데, 집주인이 부동산에 집을 내놓기 전에 담판을 지어야 하는데. 쫓겨날 땐 쫓겨나더라도 오해는 풀어야 할 텐데. 난 큰 잘못을 하지 않았고, 인터넷 뉴스에서 떠드는 것처럼 피해자 모임으로부터 고소를 당하지도 않았으며, 앞으로도 조용히 사람들을 도우며 살 거라고. 물론 나는 절대로 쫓겨나고 싶지 않았다. 떳떳함을 주장하며 쫓겨나기, 조금 욕을 먹더라도 뻔뻔하게 버티기 중 하나를 고르라면 내 선택은 무조건 후자였다. 경험상 자존심을 세워 이득을 본 적은 별로 없었으니까. 쫓겨나서 보증금을 돌려받으면 그 돈으로 다시 전셋집을 구할 수 있을까? 굳이 전세를 고집한다면 지금 사는 동네를 떠나야 하는 건 당연하고 재수가 없으면 더 좁고 더 습한 반지하 방에 살게 될 텐데. 만약 월세로 바꾼다면, 월세를 감당할 수 있을까? 지금까지 해본 일 중 마법소녀 활동이 가장 벌이가 괜찮다는 사실은 인정할 수밖에 없었지만, 수입이 일정하지 않다는 점이 아무래도 마음에 걸렸다.

한동안 말이 없던 아로아가 문득 내 마음을 읽기라도 한 것처럼 말했다.

"집 문제 말인데요."

이어진 말에 나는 평생 한번도 겪어본 적 없는 설렘을 맛보았다.

"당장 갈 곳이 없다면 우리집으로 오는 게 어때요?"

아로아는 오해가 없었으면 좋겠다는 듯 서둘러 덧붙였다.

"마음이 내킨다면 말이에요. 거절해도 괜찮지만······"

아로아가 거절이라는 말을 입에 올리기 전까지 나는 그런 선택지가 있다는 걸 생각도 못하고 있었다. 아, 그렇구나. 선택권이 나에게····· 있는 거구나. 그렇게 생각하자 아로아가 나를 과도하게 배려하고 있다는 생각이 들었고, 과한 배려란 아무래도····· 아로아가 나를 불쌍하게 여겨서 나오는 거겠지 싶어서 처음만큼 설레지 않게 되었다.

"그렇게까지 안 해줘도 돼요."

"해주는 게 아닌데요. 내가 좋아서 그러는 거예요. 부담스럽다면 어쩔 수 없고요."

"아니에요, 그렇게 말해줘서 고마워요. 그렇지만 일단은 할 수 있는 데까진 해보려고요."

내가 답지 않게 강경하게(내 딴에는) 말하자 아로아는 조금 머뭇거리다 대출 얘기를 꺼냈다.

"대출 생각은 여전히 없어요?"

"빚이 아직…… 아로아에게 돈 꾸고 싶지도 않고요."

또 아로아가 자기 돈이라도 빌리라고 할까봐 겁이 나서 나는 고개를 빠르게 저었다. 아로아 역시 고개를 세차게 저으며 대답했다.

"그게 아니라요, 조합에서 내주는 대출을 이용하란 거예요. 대출로 보증금 예산을 늘리면 더 좋은 집을 구할 수 있잖아요. 조합 대출은 이자율도 낮고 시중 은행 신용도하고 크게 상관도 없어요."

"그건……"

들던 중 반갑고 좋은 생각이었다. 그렇지만 내 의식의

흐름은 늘 그렇듯 부정적인 방향으로 잽싸게 발을 들여넣고 있었다. 조합에서 돈을 빌려 일부는 리볼빙 빚을 메꾸고 대부분은 보증금에 보탠다고 하자. 그런다고 뭐가 크게 나아질까? 빚을 빚으로 바꾸는 것뿐인데.

"돌려막기 아닌가요?"

"대환이라는 개념이 있어요. 이자가 센 대출 상품을 보다 유리한 대출 상품으로 바꾸는 거예요. 빚으로 빚을 갚는다는 차원에선 비슷해 보일 수도 있지만 돌려막기랑 똑같다고 생각하면 곤란해요. 돌려막기는 이자고 뭐고 그때그때 급하게 돈을 빌려 다른 데서 꾼 돈을 갚는 거지만, 대환은 이자 지출을 최소화하려는 경제적인 선택이니까요."

그렇구나. 이자를 얼마나 낼지 선택할 수도 있는 거였구나. 인터넷에서 부채도 자산이라느니 영리하게 대출 계획을 세워야 한다느니 하는 말을 보고서 무슨 개소리지? 빚은 안 지는 게 무조건 좋은 거 아닌가, 하고 무시하던 순간들이 떠올랐다. 새삼스레 아로아가 대단해 보였고 아무 생각도 없이 리볼빙 빚만 굴려온 나 자신은 더욱 바보처럼 느껴졌다.

"아, 우리가 맞게 오긴 했나봐요."

아로아가 조금 떨어진 곳을 가리키며 밝은 목소리로 말했다. 극동 어쩌구로 추정되는 긴 한자 이름이 새겨진 상아색 기둥 한쌍이 길의 양쪽 끝을 장식하고 있었다. 여기가 입구라는 듯, 당신들은 지금 신성한 장소에 진입하고 있으니 불경한 마음을 버리라는 듯…… 부지런히 걸어 그 기둥들 사이를 통과할 때에는 어쩐지 머쓱한 기분이 들었다. 산이라서 그런가? 유명한 사찰의 주차장에 걸어올라온 것 같은 기분.

"방문 목적을 말씀해주세요."

스피커를 거쳐 기계적인 음색을 입은 목소리에 나와 아로아는 동시에 뒤를 돌아보았다. 우리가 미처 못 보고 지나친 기둥 뒤편에 큼직한 스피커가 달려 있었고, 맞은편 기둥에는 CCTV 카메라도 설치되어 있었다. 사원치고는 상당히 현대적인걸. 당황 반 황당 반으로 우물쭈물하는 나와 달리, 아로아는 기둥에 달린 CCTV를 향해 똑부러지게 외쳤다.

"모든 것의 마법소녀, 안지아님을 뵈러 왔습니다!"

마법소녀가
맞나봐요

거기서부터는 줄곧 내리막길이었다. 산속에 이런 분지가 있다니, 싶어 감탄이 나오기도 했고 아무래도 인공적으로 조성된 분지인 듯해 꺼림칙하기도 했다. 산등성이 아래로 어렴풋이 보이는 건물들 쪽으로 길을 따라 걷고 있자니 골프 카트 같은 작은 차가 와서 나와 아로아 앞에 섰다.

"어서 오세요."

운전자는 쇼트커트 헤어스타일에 시원시원하게 생긴 여성이었다. 여름볕에 그을려서가 아니라 태어났을 때부터 그랬을 법하게 피부가 가무잡잡했고 내 또래거나 조금 더 어릴 듯했다.

"타세요."

우리는 순순히 카트 뒷좌석에 몸을 실었다. 나도 나지만 늘 택시를 고집하는 아로아에게 더욱 반가운 제안일 테지. 차가 움직이기 시작하자 트인 사방에서 상쾌한 바람이 달려와 얼굴에 맺힌 땀을 간질이며 지나갔다. 시속 이삼십 킬로미터쯤 되려나. 쾌적한 바람을 맛볼 수 있는 딱 좋은 속도라는 생각이 들었다. 운전자는 구불구불한 산길을 따라 능숙하게 운전대를 꺾으며 말했다.

"순례자 방문은 오랜만이에요."

순례자라니…… 성지를 찾아온 사람이니까 당연히 그렇게 불러야 한다고 생각한 걸까? 나도 아로아도 그곳을 성지라고 생각하지 않았고 진짜든 가짜든 마법소녀를 숭배할 생각 같은 건 없었다. 어쩌면 대부분의 종교가 그렇듯 내부에서만 통용되는 독자적인 어휘 체계를 갖고 있어 방문자를 무조건 순례자로 부르는 규칙이 있는 걸지도.

"경내에서 통신기기 사용은 엄금입니다."

내부자 앞에서 내가 하던 생각을 소리 내 말할 수는 없으니 아로아에게 문자 메시지를 보내려 했는데 운전자가 뒤통수에 눈이라도 달린 듯 말하고 혼자 호탕하게 웃었다.

"너무 딱딱한가요? 로마에선 로마법에 따르라는 말도 있으니 이해해주시길."

나는 따라 웃을 수가 없었다. 엄금이고 자시고 메시지 발신 자체가 안 되고 있었기 때문에. 나는 아로아의 옆구리를 찔러 내가 화면 속에다 적어넣은 메시지를 읽게 한 후 대충 죄송하다고 말했다(아차, 아무 때나 사과하지 않기로 배진희 선생님하고 약속했는데). 내색은 안 했지만 아로아도 당황한 게 분명해 보였다. 아로아는 무릎 위에 지도 앱을 켠 휴대폰을 얹어두었는데, 화면 가운데에는 '정확한 위치 검색을 위해 앱을 재실행해주세요'라는 메시지가 떠 있었다.

"다 왔습니다."

우리가 내린 곳은 고궁을 연상케 하는 으리으리한 한옥 앞이었다. 단층 건물이었지만 가로로 길게 펼쳐진 너비로 보아 규모가 만만치 않은 듯했다. 언덕 위에서부터 볼 수 있었던 가장 큰 건물이 바로 이것이라면, 뒤편으로도 상당한 면적이 도사리고 있을 터였다. 산속에 이런 걸 세울 돈을…… 대체 어떻게 모았을까. **누군 빌린 집도 감당 못해서 절절매는 마당에**. 잠깐이었지만, 정말 잠시뿐이었지만 나도 전마협이고 뭐고 다 때려치우고 마법소녀 사이비 종교나 만들까보다 하는 생각이 들었다.

"폰 주세요."

"왜요, 번호라도 찍어주시게요?"

운전자가 말했고 아로아가 농담으로 받아쳤다. 진심은 아니라는 듯 내게 한쪽 눈을 찡긋 감아 보이면서. 운전자는 너털웃음을 지었다. 아로아가 윙크를 해서일까, 이 사람은 이상할 만큼이나 눈을 안 깜빡인다는 생각이 문득 들었다.

"어차피 전파도 안 터지던데 왜 굳이 압수하려고 하세요? 그냥 잘 가지고만 있을게요. 시간 확인 정도는 해도 되잖아요."

"말씀대로 경내에서는 통신이 불가하지만, 사진을 찍어두었다가 외부로 유출시킬 우려는 있잖습니까."

뭘 그렇게 숨기려는 거지? 우리가 안지아라는 사람의

사진을 찍어 빼돌리기라도 할까봐? 그렇다 쳐도 왜 그러면 안 되는 거지? 못생기게 나올까봐? 자기들이 올린 영상에서는 필터를 써서 예쁘게 연출했지만 이해관계가 전혀 다른 타인은 그렇게 예쁘게 찍어주지 못할까봐 그런 건가? 후광이 줄어들기라도 할까봐? 나와 아로아는 서로 마주본 후에(서로의 불안한 표정만을 확인할 수 있었다) 다시 운전자를 바라보았다. 운전자는 시원스레 웃는 얼굴로 말했다.

"해는 끼치지 않을 테니까요, 자."

결국 우리는 운전자가 내민 양 손바닥에 휴대폰을 하나씩 얹었다. 운전자는 한 손에 휴대폰을 포개 쥔 다음 빈손으로는 따라오라는 듯 손짓했다.

"그러고 보니 제 소개를 안 했네요. 나달이라고 합니다. 외자예요. 나 할 때 나, 달 할 때 달."

나달은 엄지손가락으로 자기를 가리키고 다시 검지손가락을 펴 위를 가리키며 말했다. 검지손가락을 펼 즈음에는 이미 건물 안에 들어온 뒤여서 하늘이 보이지 않았지만.

우리는 나달이 안내하는 대로 중앙계단을 이용해 지하로 이동했다(이렇게 큰 건물에 지하층까지 있다니). 나달은 중앙계단 바로 앞의 큰 문을 열어젖혔고, 어두웠던 문 너머에 빛과 우리의 그림자가 엎질러지자 자연히 그 안에 있던 사람들의 시선이 우리 쪽에 모였다. 모두 오백 명…… 아니 천명 정도 되려나. 이렇게 신도가 많다고? 바깥에 차도 몇대 없던데. 그럼 이 사람들은 대부분 여기 살고 있는 건가?

예배 혹은 집회 같은 것을 위한 공간인 듯 내부가 꽤 널찍했다. 무대나 강단으로 추정되는 앞쪽에만 어슴푸레한 조명이 켜져 있었고 그외에는 빛이 한점도 없어서 가만히 있기만 해도 눈이 나빠질 것 같은 느낌이 들었다.

"저희는 안지아님을 뵙고 싶었는데요."

아로아가 항의하자 나달의 어깨가 으쓱 솟았다가 제자리로 돌아갔다.

"곧 나오실 겁니다."

"그런 의미로 드린 말씀이 아니라는 것 아시잖아요?"

"전체 접견 시간이라서요. 원하신다면 끝나고 개인적으

로 뵐 수 있는 자리를 마련해보겠습니다."

그렇게 말한 후에 나달은 문 옆에 서 있던 사람을 하나 붙들고 뭐라 속삭인 다음 앞쪽으로 혼자 가버렸다. 따라가야 하려나? 하고 아로아의 눈치를 보니 아로아는 내 팔을 붙들고 고개를 저었다. 그럼 지금 우리는 약간 바보 취급을 당한 거네. 휴대폰을 빼앗기고(갖고 있어봤자 그나마도 먹통이지만) 수백, 어쩌면 천명에 이르는 신도들에 둘러싸인 채 덩그러니…… 나는 주머니에 손을 넣어 블랙 카드를 손에 쥐었다. 아로아도 비슷한 생각을 했는지 핸드백 속에 한 손을 넣은 채였다.

마이크, 마이크. 아. 아. 셋셋. 삼사십이 삼오십오.

무대 방향을 바라보니 얼굴을 얇은 베일로 가린 여자가 나와 있었다. 오는 길 내내 보니 종교색 팍팍 넣어서 세상 경건한 척은 다 하더니만, 마이크 테스트는 무슨 시장바닥 어물전 사장님처럼 하네. 진행자인 듯한 여자는 가볍게 켠 마이크에 마지막으로 한번 훅, 숨을 불어넣은 후에야 차분한 목소리로 말했다.

"선견자 여러분."

진행자의 목소리를 신호 삼은 것처럼 은은한 음악이 흘러나오기 시작했다. 땅에 끌릴 듯 낮고 음색이 풍부한 현악기 소리와 여리고 투명한 목관악기 소리가 느리고 몽환적인 멜로디를 이루는 곡이었다. 어디서 많이 들어본 음악 같은데…… 픽사 애니메이션에서 나왔던가? 아니다, 오는 길에 본 변신 영상에 깔렸던 멜로디구나. 약간 명상 음악처럼 편곡되긴 했지만. 작은 새 부리가 풍경을 쪼는 듯한 철제 타악기 소리가 두번(이 소리 때문에 더욱 명상 음악 같았다) 난 후에 진행자는 비할 데 없이 벅찬 기색으로 말했다.

"오래 기다리셨습니다."

어두운 무대 가운데 서 있던 진행자는 자연스럽게 무대 왼편으로 걸음을 옮기며 말을 이었다.

"**그분**을 부르겠습니다."

공간을 가득 채운 회중으로부터 일시에 탄성이 터져나왔다. 나와 아로아를 제외한 모두가 열광하고 있었다. 진행자는 청중이 흥분한 찰나를 놓치지 않겠다는 듯 물었다.

"그분은 어떤 분이십니까?"

회장 곳곳에서 산발적인 대답이 터져나왔다. 그분은 아름다우십니다. 그분께는 힘이 있습니다. 그분은 전능하십니다. 그분은 마법소녀이십니다. 마지막으로 누군가 부르짖었다.

그분은 모든 것의 마법소녀입니다.

아, 종교 맞네. 나와 아로아는 눈을 마주치고 아주 살짝 고개를 끄덕였고, 진행자는 바로 그 대답을 기다렸다는 듯 눈을 감았다.

"그렇습니다, 선견자 여러분⋯⋯"

선견자는 또 뭐람, 운전자 제보자 수혜자도 아니고. 나달이 우리를 순례자라 부른 것과 마찬가지로 이들은 신도들을 일컫는 새로운 말을 만든 것으로 보였다. 그래, 종교니까 그런 말이 필요하다곤 해도 선견자가 뭐냐고. 먼저 본다는 뜻으로 지은 이름일까? 안지아만이 우주 유일의 진짜 마법소녀라는 진리를 먼저 깨우쳤단 의미? 저기요 여러분, 이거 민망해서 어쩌죠. 제 옆에는 진짜 예언의 마법소녀가 있거든요.

"가짜 마법소녀 데리고 쇼맨십 대단하네요."

비웃음을 숨기려 입을 가린 김에 아로아에게 귓속말을 하자 아로아는 굳은 표정으로 고개를 저었다.

"진짜 마법소녀예요."

아로아가 내 귀에 대고 조심스레 속삭인 말에 나는 크게 당황했다. 뭐라고요? 당연히 가짜라고 생각하고 속으로 마음껏 비웃고 있었단 말이에요. 설마 아로아가 현혹된 건 아니겠지 하는 생각이 불쑥 들었지만, 나는 가까스로 냉정을 가장하며 다시 아로아에게 소곤거렸다.

"가짜일 가능성이 크다면서요?"

"마력을 느낄 수 있어요. 이곳에 우리 말고 마법소녀가 더 있다는 증거예요."

아로아는 침착하고 냉정한 태도로 (또한 몹시 작은 목소리로) 답했다. 다행이다, 아로아가 제정신이라서…… 나는 안도하는 한편 또다시 궁금한 것을 찾아내서 아로아의 귀 쪽으로 몸을 기울였다.

"아로아가 느끼는 그걸 난 왜 못 느끼죠?"

"지니고 있는 마력이 너무 크면 다른 사람의 마력을 감지하기 어려울 수도 있어요. 마력을 어느 정도 가진 사람

하고 마력이 아예 없는 사람을 구별하지 못하는 거죠. 뭐랄까…… 발이 엄청 큰 사람한테는 남의 발이 다 작아 보일 거 아니에요. 그런 거예요."

그러고 보면 나는 아로아에게서는 물론 최희진에게서도, 의장님에게서도 제대로 마력을 느껴본 적이 없었다. 아로아 말대로 내가 다른 마법소녀들보다 큰 마력을 지니고 있어서 그런 거라면, 그렇다면.

"그럼 우리 걱정할 건 없겠네요."

내 말에 아로아는 고개를 크게 끄덕였다. 좋아. 진짜 마법소녀여도 상관없어, 내가 더 강한 마법소녀니까. 아무리 떨치려 애써도 자꾸 달라붙는 겁에 지지 않으려고 나는 괜스레 어깨에 더 힘을 주었다. 이래 봬도 이 몸은 사상 최강의 마법소녀라던 이미래를 꺾은 장본인이라고.

귓속말을 나누느라 바빠 미처 눈치채지 못했지만 무대를 밝혔던 어스레한 조명은 점차 더욱 어두워졌고 내내 흐르던 음악도 사위고 있었다. 이윽고 어둠이 분명해지고 고요가 찾아왔다. 이 상태에서 누군가 공격을 가해온다면 어떻게 반격해야 할까…… 덥지도 않은데 땀을 한겹 덧쓴 손바닥으로 주머니 속 블랙카드를 만지작대면서 떨고 있을 때, 마이크를 든 진행자가 나지막이 읊조렸다.

"모든 것의 마법소녀이십니다."

그 순간 무대 중앙을 겨눈 스포트라이트 여러대가 켜지고, 그와 함께 말 여러마리가 달리는 소리처럼 빠르고 격렬한 북소리로 시작되는 극적인 선율의 음악이 흐르기 시작했다. 조명들이 구획한 빛의 감옥 안으로, 천천히, 다리 한쌍이 들어섰다. 천사의 것처럼 아름답고 성스러우나 동시에 목매단 사람의 것처럼 불길하고 소름끼치는 한쌍의 다리······

다리는 스포트라이트 가운데로 한발짝 한발짝 허공을 밟으며 내려오고 있었다. 보이지 않는 계단을 디디듯 위에서 아래로, 허공에서 바닥으로. 어둠 속에 묻혀 있던 허리, 가슴, 어깨, 머리가 차례로 빛의 구획에 진입하여 드러났다.

진행자가 아무 말 하지 않았는데도 청중들은 자진해서 손뼉을 치기 시작했다.

"선견자의 무리가 당신께 인사드립니다."

내내 눈을 내리깔고 있던 무대 위의 소녀는 진행자의 말에 고개를 치켜들었다. 그리하여 그 소녀의 얼굴이 드러난 순간, 그러니까 안지아가 청중들에게 시선을 던진 바로 그 순간, 청중들이 일시에 헉 하고 숨을 몰아쉬었다. 아니…… 저게 진짜 사람이야? 안지아는 영상에서 보던 것보다 더 예뻤다. 보는 사람으로 하여금 일시적인 호흡 곤란을 느끼게 할 만큼이나 예뻤다. 사진을 못 찍게 한 이유를 알 것도 같은 느낌이 들었다. 휴대폰 사진 따위는 저 애의 살아 있는 예쁨을 반도 담아내지 못할 테니까, 아니 저 애를 향해 카메라 렌즈를 들이대는 것만으로 그 예쁨이 상하면 어쩌나 싶을 테니까.

"모든 것의 마법소녀시여."

얼굴을 가린 진행자가 무대 외곽에서 무릎을 굽히며 벅찬 음색으로 부르자 청중들 역시 고개를 조아려 인사했다. 분위기를 타서 허리를 굽히려는 나를 아로아가 붙들어 바로 세웠다.

충격적인 등장에 비해 남은 순서들은 별로 자극적이지 않았다. 안지아의 등장이 충격적이었던 것도 연출이 훌륭

해서가 아니라 그 미모 때문이었음을 감안하면 당연한 수순이었다. 뭐 그냥 뻔한…… 종교 집회 같았다.

안지아는 선견자라는 이들 중 몇을 골라내 치유의 능력을 행사했는데, 마법소녀로서 능력을 사용한다기보다는 마술쇼를 하는 것처럼 보였고 그나마도 프로 마술사의 빼어난 퍼포먼스와는 거리가 멀었다. 배에 찬 복수를 뺀다느니 다지증 환자의 손가락을 제거한다느니 그런 건 멀고 어두운 무대를 이용해 어느 정도 연출할 수 있는 거고, 눈먼 자를 보게 한다느니 환각을 보는 증상을 없애준다느니 하는 건 서로 말만 잘 맞추면 되는 거잖아.

쇼가 뻔하게 느껴질수록 막막한 마음도 커져갔다. 이 사람들은 지금…… 이걸 진지하게 믿고 있는 거야? 차라리 프로레슬링을 보지, 그게 백배 천배 리얼할 텐데. 쟬 보라고, 쟤는 그냥…… **여자애**잖아. 교복 입고 친구들이랑 떡볶이 먹으러 다니면서 학원 선생님 뒷담화나 깔 나이라고. 그런 애한테 짜고 치는 쇼를 맡겨놓고 지아님, 지아님 부르짖는 게 부끄럽지도 않은 거야?

내가 그런 생각을 하고 있는 동안 안지아는 무릎을 꿇

고 있었다. 전남 장흥에서 왔다는, 삼년째 코마 상태로 자리보전하고 있다는 환자가 들것에 실려 무대 위에 올라왔는데, 안지아는 그 사람의 손을 잡고 기도하기 위해 친히 무릎까지 꿇은 것이었다(이 사실이 선견자들의 탄식을 자아냈고 그래서 내 입에서도 탄식이 나왔다).

"여러분, 지아님이 눈물을 흘리고 계십니다."

진행자가 안타까워하는 목소리로 말했다. 웅성웅성 동요하는 기색이 회중들 사이에서 일렁거렸고 몇몇은 자리에서 일어나 옷을 찢어가며 울부짖었다. 그야 눈물이 나겠지, 여태껏 무대에 올라간 지원자들은 손이 스치기만 해도, 눈이 마주치기만 해도 다 나았다며 펄펄 날아다녔는데 이번 환자는 한참을 끙끙대도 요지부동이니까.

"왜인지 아시지요? 선견자 여러분."

글쎄 왜일까? 나는 그 선견자인지 뭔지가 아닌데도 알겠는데. 그 사람마저도 사전에 미리 입을 맞춰둔 나이롱 환자라면 모를까, 또는 이제라도 진짜 마법소녀의 능력을 보여준다면 모를까 기적은 절대 일어나지 않을걸.

"이건 선견자들의 무리에 신뢰가 부족한 헛것들이 섞

여 있기 때문입니다."

진행자의 목소리에는 분노가 섞여 있었다. 엥, 갑자기? 모든 것의 마법소녀가 아무것도 못하고 있는 게 나랑 아로아 탓이라고? 그때 나와 아로아의 주변을 시작으로 모든 회중들이 우리를 향해 돌아서기 시작했다. 마치 꽃 모양을 그리며 쓰러지는 도미노 조각들처럼 일사불란하게.

"지아님이 말씀하십니다……"

안지아는 이제 일어서서 우리 쪽을 손으로 가리키고 있었다.

"'너'."

멀어서 안지아의 목소리는 들리지 않았고 입이 움직이는 것만 간신히 알아볼 수 있었는데, 마이크를 든 진행자가 안지아의 말을 대신 전해주었다.

"'사라져'."

그 말이 주는 섬뜩한 느낌에도 불구하고, 잠깐 동안은 변화를 눈치챌 수 없었다. 나는 나와 아로아를 둘러싸고 있던 회중들이 박수를 치고 환호하기 시작하자 당황해서 주변을 둘러보았고, 그제서야 아로아가 감쪽같이 사라졌다는 사실을 알아차렸다.

　잠깐만…… 이게 무슨……

　여태까지는 병원놀이 마술쇼 같은 거나 하는 듯싶더니, 갑자기 사람을 진짜로 사라지게 만들었다고?

　"'그리고 너'."

　아로아는 어디로 간 거지? 너무나도 두렵고 숨이 막혀서 기절할 것 같은 와중에도 생각을 멈출 수 없었다. 아로아, 아로아, 아로아…… 일이 대체 어떻게 돌아가고 있는지를 간절히 알고 싶었지만 내 지식과 경험만으로는 도저히 간파할 수 없는 상황이었다. 그렇기에 아로아가 필요했다. 아로아가 답을 알고 있을 텐데, 아로아라면 내가 지금 해야 하는 행동을 알려줄 텐데. 압박감에 쓰러지지 않으려 다리에 힘을 주고 버티면서도 정신없이 두리번거리는 나를 향해 안지아는 (진행자의 입을 빌려) 기어이 말했다.

　"'너도 사라져'."

진짜
마법소녀는
바로

악몽의 끝에서 종종 그러듯 나는 으악 고함을 치며 깨어났다.

"괜찮아요?"

걱정스러운 목소리로 말을 건네오는 사람은 분명 아로아였다. 아아, 다행이다. 아로아는 사라지지 않았구나.

"아로아가 없어지는 꿈을 꿨어요."

"꿈은 아니에요."

무슨 소리예요, 당신이 지금 내 곁에 있는데. 그나저나 목에 뭐가 걸리는데 이건 뭐지…… 그러고 보니 우리 극동 어쩌구 본부에 방문한 거 아니었나, 어디서부터 어디까지가 꿈인 거지?

"꿈이 아니라니까요."

나는 양손으로 힘껏 눈을 비비고 창살 너머에 앉아 있는 아로아에게 초점을 맞췄다. **창살?** 쓴웃음을 짓고 있는 아로아가 목에 칼을 쓴 채 민속촌 같은 데에서나 볼 법한 재래식 감옥에 앉아 있었다. 그제야 그 맞은편에 앉아 있는 나도 비슷한 형편이라는 것을 깨달았다.

"우리가 시간여행을 한 건가요?"

"시간의 마법소녀를 봉인해놓고 그렇게 말하면 섭섭하죠."

그러고 보니 목에 쓴 칼이며 감옥의 구색과 달리 벽에 달린 조명은 횃불 모양의 거치대에 끼운 알전구였다. 아, 우린 그냥 갇힌 거구나. 사라지라는 건 이 세계에서 아예 삭제되라는 말이 아니라 그 공간에서 자취를 감추라는 거였고.

안도의 한숨을 내쉰 뒤 나는 아로아 뒤편에 놓인 요강을 바라보며 생각했다. 그건 그렇고 이 감옥, 누구 취향인지 몰라도 아주 고색창연하네. 지금까지 몇 명이나 이 감옥에 갇혔을까…… 이 정도라면 마법소녀를 섬기는 이색 신흥종교라고만 볼 수 없겠다는 생각도 들었다. 시설 내에 감옥의 형태를 한 격리실이 있다는 건, 신도든 비신도든 입막음을 하려는 시도가 있었다는 의미겠지. 그렇다면 목숨을 희생당한 사람이 있어도 이상할 게 없어. 빼도 박도 못할 사이비구나.

"마구 잘 있는지 확인해봐요."

나는 주머니에서 블랙카드를 꺼내 아로아에게 보여주었다.

"다행히 잘 있어요. 진짜인가봐요, 잃어버려도 되돌아온다는 거."

"마구는 마력을 가진 사람에게 달라붙게 되어 있어요. 마법소녀라면 다른 사람의 마구를 일시적으로나마 압류할 수 있다는 뜻이죠. 아마 마구인 줄 몰라서 그냥 남겨뒀을 거예요."

그도 그렇겠네, 마구라고 하지 않으면 그냥 일반적인 신용카드로만 보일 테니까. 이걸 그냥 남겨뒀다는 건 돈에는 관심이 없다는 의미겠지, 내가 돈이 별로 없다는 걸 알아서는 아니고……

"알겠죠? 그러니까 가능하면 마구를 숨기면서 싸우는 게 좋아요."

아로아의 말에 나는 손을 홱 돌려 손가락 사이에 끼워 두었던 블랙카드를 손바닥 안에 감추고 손등을 내보였다.

"이렇게요?"

"마술쇼 같네요."

"안지아보다 낫죠?"

그때 누군가 저벅저벅 걸어오는 소리가 들렸다. 나는 카드를 다시 주머니에 넣고 시치미를 뗐다. 이윽고 감옥 저편의 으슥한 어둠 속에서 나달과 안지아가 모습을 드러 냈다. 두 사람은 나와 아로아 사이의 복도에 멈춰 섰다.

"자, 순례자 여러분. 저는 약속을 지켰습니다."

나달이 이죽거리자 아로아가 질 수 없다는 듯 대꾸했다.

"방식이 많이 거치시네요. 저희는 평화적인 대화를 원했을 뿐인데."

"거칠다고요? 많이 봐드린 건데요. 선견자 중에서도 지 아님을 뵙고자 하는 사람이 얼마나 많은지 아세요? 지아님을 신뢰하지도 않는 여러분을 지아님께 보여드리는 게 얼마나 큰 특혜인지 모르시겠습니까?"

그쪽한테나 대단하신 지아님이지 우리한텐 그냥 평범한(아니, 사실은 좀 너무 많이 예쁜) 여자애라고요. 특혜는 무슨 특혜. 그렇게 말하고 싶었지만 나달의 기세에 기가 죽어 찍소리도 낼 수 없었다. 하지만 아로아는 개의치 않는 듯 말했다.

"이번 무례는 그냥 넘어가드릴 테니, 대신 저희 요구를 들어주세요."

"요구란?"

"안지아씨가 전국마법소녀협동조합 표준 마법소녀 능력 검정을 받게 할 것."

"무례로 따지면 그 요구가 훨씬 무례하네요."

"설마요, 더 중요한 사안은 아직 꺼내지도 않았는데요."

나달이 흥미롭다는 듯 나와 아로아를 번갈아 쳐다보았다. 나는 나달보다는 안지아 쪽에 더 많은 시선을 두고 있었다. 아로아는 눈치챘을까? 안지아가 매우 불안하고 주눅 든 모습이란 사실을. 무대 위에서 보여준 우아하고 당당한 태도가 믿기지 않을 만큼 안지아는 소극적이었다. 한쪽 발을 뒤로 빼고 불안정하게 서 있었고 시선은 줄곧 자기 발끝에 박혀 있었다. 불안하고 주눅 들어 있기, 그건 내 특기이기도 했기에 (역설적으로) 자신 있게 말할 수 있었다. 저애는 무척 겁에 질려 있고 당장이라도 도망가고 싶어한다는 사실을.

"중요한 사안이라면?"

"만사화학공장 사건이 사고가 아니라 테러라는 사실을 밝히고 그 배후자가 자백하도록 할 것."

아로아의 말에 나달은 박수를 치면서 숨이 넘어가게 깔깔 웃었다.

"이봐요, 아로아씨. 예언의 능력을 잃었다더니 진짠가 봐요. 무고한 사람을 걸고넘어지는 걸 보니."

아로아씨라고? 우리가 누구이고 어디서 왔는지를 이미 알고 있었단 말인가.

"저희도 보는 눈이 있고 듣는 귀가 있습니다. 그나저나 우릴 뭘로 보고 아로아씨 같은 분을 파견했는지 모르겠네."

나달은 나를 가리키며 마저 말했다.

"그리고 당신. 착각하지 마십쇼. 여기에서라면 내가 무조건 당신보다 강해."

나달은 눈빛을 불태우며 말하고 돌아섰다. 가시죠 지아님, 하고 앞장서서 감옥 복도를 걸어나가는 나달을 안지아도 좁은 보폭으로 뒤따랐다. 나와 아로아는 서로 눈빛을 교환했다. 들었죠? 네, 들었어요.

자리를 뜨기 직전 안지아는 분명 아주 작은 소리로 중얼거렸다. 죄송해요,라는 한마디를.

"진짜 마법소녀는 저쪽이겠네요."

아로아의 말에 나는 고개를 끄덕였다. 나달이 노려보며 위협할 때 나는 흠칫 겁을 먹긴 했지만, 협박 뒤에 숨겨진 미묘한 위화감도 눈치챌 수 있었다. 말로는 자기가 나보다 강하다고 했지만, 혹시 자기 말이 사실이 아닐까봐 두려워하는 기색이 아주 조금은 드러났기 때문에. 게다가 누가 강하고 누가 약하냐를 떠나 애초에 마법소녀가 아니라면 마법소녀에게 싸움을 걸어올 리 없었다.

"이제 어떡하죠?"

진짜 마법소녀가 누군지를 알아낸 것까지는 좋았지만,

나달의 능력이 무엇인지 모르는 채로는 승산 있는 싸움을 펼치기 어려울 듯했다. 그때 아로아가 뜬금없이 물었다.

"혹시 홍콩영화 좋아해요?"

"갑자기요?"

홍콩영화라면 글쎄, 「중경삼림」? 「아비정전」? 그것도 아니면 「희극지왕」? 아로아가 무슨 말을 하려는 건지 몰라 눈만 동그랗게 뜨고 있자, 아로아는 빙긋 웃으며 말했다.

"「정무문」 스타일로 가볼까 해서요."

아, 마주치는 인간은 모조리 다 쓰러뜨리면서 최종 보스에게 다가가는 스타일. 어쩐지 가슴이 미어질 듯한 기분이 들었다. 소파에 앉아 있는 할아버지의 무릎에 기대 앉아 바나나킥을 까먹으며 영화를 보던 어느 날이 떠올라서. 입안에서 킥 소리를 내며 경쾌하게 바스러지는 과자가 좋았고 주인공이 적을 타격할 때마다 할아버지가 긴장해 들썩거리는 느낌이 재미있었다. 잠깐, 그런데 그 영화 주인공 마지막 장면에서 죽지 않았던가······

"그럼 가볼까요."

탈출은 쉬웠다. 위치 변경은 훈련실에서 이골이 나도록

연습해보았으니까.

"침입자다!"

건물 밖으로 나오자마자 보초들이 덤벼들었다. 섭섭하네, 이젠 순례자라고 불러주지 않는 건가. 나는 통장 잔고에서 오만원을 사용해 한시간 동안 신체능력을 강화하는 마법을 건 상태였고, 아로아는 평소 늘 말해왔던 것처럼…… 무척 잘 싸웠다.

감옥이 위치해 있는 건물은 본관과 꽤 거리가 있었다. 본관으로 향하는 길의 구역 구역에서 적들이 나타났다. 그들 말로는 선견자, 우리에게는 민간인인 사람들이. 사람을 한대 때릴 때마다 나는 앗 죄송합니다, 으앗 죄송합니다를 연발했고 아로아는 내가 사과하는 소리를 들을 때마다 까르르 웃음을 터뜨렸다(그러면서도 자기 앞을 막아서는 놈들을 뒈지게 패주었다).

*

어라?

내가 또 꿈을 꿨나.

내 앞에는 여전히 아로아가 앉아 있었다. 목에 칼을 쓰고 감옥 안에 앉아 있는 모습은 그대로였지만 아까와 달리 형편없이 얻어맞아 얼굴이 부어 있었고 정신도 잃은 채였다. 마음이 아팠지만 감상에 젖을 때는 아닌 것 같았다.

그럼 꿈은 아니라는 거겠네. 보자, 마지막 기억이…… 본관에 막 들어섰을 때였나. 갑자기 눈앞이 흐릿해지더니…… 그걸로 마지막이었어.

느낌상 시간이 많이 흐른 것 같지는 않았다. 나는 블랙카드를 꺼내 쥐고 나와 아로아의 회복을 빈 다음(각자 이만원) 십만원을 추가로 사용해 이후 한시간 동안의 신체능력을 강화했다. 위치 변경 마법을 사용해 아로아를 깨우고 다시 탈출, 그런 후에 또다시 「정무문」 스타일의 복수전을 시작했다.

*

몇시간, 혹은 몇분이나 흘렀을까. 우리는 다시 감옥으

로 돌아와 있었다.

우리에게 탈출은 일도 아니라는 것을 이해했다면 설비든 경계든 더 강화하는 게 좋았으련만, 목에 칼을 씌우고 목조 창살 뒤에 가두는 방식을 되풀이하는 게 이해되지 않았다. 하긴 마법소녀가 아닌 평범한 사람들에게는 이 정도로도 충분했겠지.

그렇지만 이상했다. 두번째는 첫번째보다 모든 것이 수월했고 본관 진입 속도도 더 빨랐다. 적들은 너무 약했고 그나마도 첫번째 시도에서 많이 쓰러뜨렸기에 머릿수도 꽤 줄어 있었다. 그런데 왜 본관에만 들어가면 정신을 못 차리게 되는 거지, 무슨 결계라도 쳐놓은 건가?

이미 무의식 깊은 곳에서는 세번째 시도 역시 같은 결말에 다다르리라는 사실을 납득하고 있는 것 같았고, 그래서 이십만원을 들여 강화한 신체능력이 무색하게 우리는 또다시 감옥으로 돌아오고 말았다.

이유가 대체 뭐지?

정신을 잃으면 세이브 포인트로 돌아가는 게임을 하는 느낌이었다. 시간이 그야말로 실시간으로 착실히 흐르고 있다는 점을 빼면. 세번째 시도에서 보았던 바깥은 이미 해가 기울어 주홍빛으로 물들고 있었다. 아로아는 분한 듯 입술을 앙다물고 말했다.

"이번에는 나도 강화해줄래요?"

나는 속으로 계산기를 두드려보았다. 아로아의 신체능력을 강화하는 건 좋은 생각이었다. 인간의 신체능력을 0부터 10에 이르는 스케일 위에 놓고 봤을 때 내 능력이 5 정도라면(딱 평균치) 아로아의 점수는 못해도 6, 잘하면 7 정도 될 터였다. 예를 들어 두배를 강화해 내 능력이 10이 된다 치면, 아로아는 두배 강화만으로 거의 13, 14의 힘을 갖게 되겠지. 그렇지만……

"어려운가요?"

부족한 건 능력이 아니라 현금이었다. 내가 지금까지 얼마를 썼지? 이번 시도에서는 삼십만원 정도 써볼 생각이었다. 아로아를 똑같이 강화해주면 이번 시도에서의 지출은 육십만원. 지금까지의 지출과 합치면 거의 백만원……

"좋아요."

나는 각각 백만원씩을 사용해 나와 아로아의 몸을 모

두 강화했다. 망설이는 데에는 의미가 없었다. 오만원, 십만원씩 야금야금 액수를 올려가며 통장에 있는 돈이 떨어지기를 기다리기보다, 이번에야말로 마지막 시도라는 심정으로 통 크게 강화하는 게 효율적이리라는 생각이 들었다. 기존 신체능력을 훨씬 능가하는 힘이 몸에 주입되자 그전에는 보이지 않던 것이 보이고 들리지 않던 것이 들리는 듯 기묘한 감각이 느껴졌다.

"놀라운 힘이에요⋯⋯"

신체 강화를 처음 겪어본 아로아는 신기하다는 듯 자기 손을 내려다보며 중얼거렸다.

"이 정도라면 그냥 다 때려부수고 탈출해도 괜찮겠는데요."

아로아는 장난스레 목조 감옥 문을 툭 치며 웃었다. 그러자 감옥 문은 혀로 툭 밀기만 해도 빠지는 젖니처럼 흔들리며 앞으로 기울어졌다. 아로아와 나는 서로 마주보고 피식 웃은 다음 감옥 문을 완전히 부수고 밖으로 나왔다.

"어두워지기 전에 끝낼 수 있으면 좋겠네요."

아로아의 말에 나는 고개를 끄덕이고 앞서 달려나갔다.

순간적으로 머리가 핑 도는 느낌이 들 만큼 내 다리는 빨랐지만, 반고리관마저도 강화된 상태여서 큰 무리 없이 속도에 적응할 수 있었다.

아로아도 마찬가지였다. 우리는 이제 몇 안 되는 보초들을 어깨로 받아넘기며 바람처럼 통과할 수 있었다. 그야말로 만화 같은 속도로 본관 앞에 다다른 우리는 흙먼지를 요란하게 일으키며 멈춰 선 뒤, 서로 눈빛을 교환하고 살며시 본관 문을 열어젖혔다.

"단골이 다 되셨습니다, 아주."

기다렸다는 듯 나달이 모습을 드러냈다.

"옛말에 한국인은 삼세판이라고 하잖아요, 그래서 제가 세번까진 봐드리려고 했거든요. 근데 두분 다 보기보다 끈질기시다. 이번만큼은 그냥 보낼 수가 없겠어요."

"어머, 옛말 좋아하시는구나. 벼는 익을수록 고개를 숙인다는 말 몰라요? 건방진 소리 작작 하시고 제대로 덤벼보세요."

나달의 도발을 아로아는 기세 좋게 맞받아쳤지만(언젠가 기회가 되면 기싸움에서 지지 않는 법도 가르쳐달라고 해야겠다는 생각이 들 정도였다), 우리는 나달에게 제대로 된 공격을 가하긴커녕 무슨 일이 일어났는지 알아차리기도 전에 또다시 정신을 잃고 쓰러졌다.

*

오른쪽 어깨뼈가 부서질 듯 아파서 가까스로 정신을 차렸다. 아까 어깨빵으로 보초들을 쓰러뜨린 후유증일까? 그건 아니겠지, 막상 부딪칠 땐 수수깡 부러뜨리듯 아무 느낌 없이 치고 지나왔는데. 그건 그렇고 어깨만 아픈 게 아니라 뺨도 왠지 마비된 느낌이 드는데, 나달한테 따귀라도 맞은 걸까.

"이번엔 좀 색다르네요."

아로아도 정신을 차렸는지 쓴웃음이 섞인 목소리로 말을 건네왔다. 그런데 아로아 목소리가 왜 등 뒤에서 들리는 거지…… 나는 눈을 크게 뜨고 몇번인가 깜빡여보았다. 낯익은 공간, 우리가 아까 부순 감옥이었다. 바닥에 산산이 부서진 목조 창살의 잔해가 즐비해 보기만 해도 따가울 정도였다.

"일단 이것 좀 풀어줄 수 있겠어요?"

아로아가 몸을 비틀자 내 몸도 함께 비틀렸다. 아야야 아야야, 요란스레 엄살을 부리자 아로아가 동작을 멈추었다.

우리는 서로 등진 자세로 쇠사슬에 친친 감겨 있는 거였다.

가장
마법소녀다운
일

"미안해요. 답답해서 그만."

내가 쇠사슬을 풀자(우리 대신 감옥 기둥 두개를 잇는 마법을 걸었다) 아로아는 몸을 일으켜 어깨를 풍차 날개처럼 돌리며 말했다.

"그건 그렇고 참 바보 같죠, 나라면 우리 둘을 절대 함께 가둬두지 않을 텐데."

아로아는 웃자고 말한 게 틀림없었지만 웃기에는 내 마음에 여유가 별로 없었다. 다시 통장 잔고와 신체 강화를 맞바꾸기에는 남은 예산이 적었고, 반복되고 누적되는 실패에 자신감도 없었다.

말했죠, 이 공간에서만큼은 제가 당신보다 강하다고.

나달의 장담이 귓전을 맴돌았다. 그 말이 틀렸다는 걸 증명할 방법이 떠오르지 않아 죽고 싶을 만큼 분했다.

"한번만 더, 이번에는 아까보다 강하게 갈 수 있을까요?"

"그 마법은 이제 못 써요."

"왜요?"

"그만큼 강화하는 데에 백만원씩 들었거든요."

아로아는 뭐라 크게 화를 낼 것처럼 입을 쩍 벌렸다가 한숨만 푹 내쉬고 말았다.

"내 돈을 쓰는 건요?"

"애초에 그게 소용이 있을지 잘 모르겠어요. 나달의 능력이 뭔지도 아직 모르잖아요. 돈을 두배, 세배로 들여 강화하면 뭐가 달라질까요? 조금만 더, 조금만 더 하면서 계속 돈을 쓰게 될 뿐이겠죠. 소용없는 일에 돈만 죽어라 쓰는 거, 이제 싫어요. 못하겠어요."

내가 풀 죽은 채 건넨 말에 아로아는 입술을 꼭 깨물었다.

"내가 뭔가를 본 것 같아요."

감옥에 찾아온 안지아가 그랬듯 줄곧 땅만 보고 있던 나는 아로아의 말에 홀린 듯 고개를 들었다.

"뭘요?"

"우리가 기절한 건 나달의 능력 때문이 아니에요. 마취제 때문이죠. 나달은 엄청나게 빠르게 다가와서 코앞에다 마취제를 분사하고 또 믿을 수 없는 속도로 모습을 감춘 걸 거예요. 내 생각에 나달의 능력은 단순해요."

"속도."

나의 중얼거림에 아로아는 고개를 끄덕였다. 그렇구나. 나달이 엄청나게 빠른 속도의 소유자라면, 본관에서 아로아가 갑자기 사라진 것도 설명이 됐다. 여태 반복된 짧은 전투마다 보여준 공격 패턴도 매번 동일했다. 부지불식간에 다가와 기절시키기. 반격할 틈만 충분히 주어진다면 얼마든지 돌파할 수 있을 듯한 능력이었다.

나는 아로아를 향해 손바닥을 펼쳐 보였고 아로아도 거기다 자기 손바닥을 맞댔다. 하이파이브. 아주 헛돈을 쓴 것은 아니었구나. 강화된 아로아의 동체 시력이 나달의 움직임을 약간이나마 포착했고 그것을 실마리 삼아 나달을 이길 방법도 찾을 수 있게 됐으니까.

하지만…… 어떻게 이기지?

반격은 고사하고 움직임을 따라잡을 수도 없는데. 아로아는 나달이 우리보다 빠르다는 것을 알았지만, 정확히 얼마나 빠른지는 알아내지 못했다. 여기에서만큼은 내가 자기를 이길 수 없을 거라던 나달의 장담은 허세가 아니었다. 아로아의 전재산을 털어넣어 아로아를 강화하면 나달이 눈을 한번 깜빡이기도 전에 나달을 꽁꽁 묶는 게 가능할까?

나달을 제압하는 데에 그렇게 큰돈을 쓸 가치가 있긴 한 걸까?

"있죠, 아로아."

"네?"

"우리 중에 브레인은 아로아라는 거 알지만, 생각해본 작전이 두가지 있어요. 들어볼래요?"

아로아가 고개를 끄덕였다. 나는 검지손가락을 펴며 말했다.

"플랜 에이, 일단 여기서 후퇴한다."

나의 말에 아로아는 자기가 제대로 들은 게 맞냐는 듯
눈을 크게 떴다.

"나달은 능력만 단순한 게 아니고 생각하는 것도 단순
해요. 아까 아로아가 그랬죠. 아로아라면 우리 둘을 절대
한곳에 가두지 않았을 거라고. 여기에 제대로 된 마법소
녀는 자기밖에 없는데도 우리 둘을 보초도 없는 곳에다
계속 처박아놓는 것 좀 봐요. 완전히 바보라니까요. 다른
마법소녀 능력에 쥐뿔도 관심 없는 건 덤이고요. 일단 붙
으면 자기가 무조건 이긴다는 자신감 때문이겠죠. 우리가
도망가는 걸 미리 눈치채지 못하는 한, 나달이 우리를 잡
지는 못할 거예요. 하루종일 도전해오는 걸 보고 조만간
또 덤빌 거라 예상하고 있을 테니까, 도망치려면 지금이
딱 좋은 타이밍이에요. 일단 전략상 후퇴하고, 지원군을
모아서 다시 치는 게 좋지 않을까요?"

"그것도 맞는 말이에요."

아로아는 내 앞에 단정하게 정좌한 채 고개를 끄덕였다.

"그렇지만 도망은 안 돼요."

"왜요? 비겁해 보일까봐? 지는 느낌이니까?"

"그런 건 전혀 상관없어요. 자존심 때문에 싸우는 것도 아닌 걸요. 아까 화학공장 사건 얘기했던 거 생각나요?"

처음 갇혔을 때 했던 얘기 말인가. 그렇지, 상황이 상황이어서 물을 겨를이 없었지만 내내 궁금했다. 아로아는 처음부터 범인이 누구인지 알고 있었던 걸까?

"예언의 능력을 사용한다는 건 말이죠, 문제집 해답을 미리 보는 것과 비슷해요. 드라마에서 십분 뒤에 나올 장면을 남들보다 먼저 아는 것과도. 답이 뭔지, 이후에 일어날 사건이 뭔지 남들보다 먼저 알 수는 있지만, 현실세계에선 결과만큼 거기까지 이르는 과정도 중요하잖아요."

그런가…… 결과보다 과정이 중요하다는 말은 지긋지긋하게 들었다. 그렇지만 그 말에 정말로 공감한 적은 별로 없었다. 다들 결과를, 화려하고 그럴싸한 결과를 좋아하잖아? 무슨 수를 써서라도 부자가 되는 편이 좋고, 굶어서든 토해서든 날씬한 몸매를 가지려 애쓰고, 댓글 부대를 써서든 테러 자작극을 벌여서든 권력자가 되고 싶어하잖아. 아로아가 믿는 현실세계와 내가 경험하는 현실세계가 서로 다르다고 생각하고 싶진 않았기에 잠자코 듣고만 있었지만, 내가 아는 한 결과론은 크게 나쁜 대접을 받은 적이 없었다. 맥락에서 벗어난 생각을 골똘히 하는 사이 아로아가 계속해서 말했다.

"나는 나달이 죄를 인정하는 미래를 봤어요. 그렇지만 어떻게 해서 그 일이 일어나는지는 몰라요. 내가 본 미래가 법정에서 증언으로 채택될 리도 없겠죠. 저 사람이 죄인인 걸 인정하게 될 테니까 저 사람은 죄인이다, 이런 논리니까요. 어떻게든 이번 기회에 신병을 확보해야 해요. 더구나 내가 그 사건에 대해 안다는 걸 내 입으로 실토했으니까 시간을 끄는 사이에 증거를 무마하려 할 수도, 관계자 입막음을 하러 다닐 수도, 최악의 경우 도주할 수도 있겠죠."

확실히…… 나달이 도주한다면 그것처럼 골치 아픈 일도 드물겠지. 아로아의 눈빛은 결연했다. 나도 아로아의 말이 옳다는 걸 인정하지 않을 수 없었다.

"그럼 플랜 비로 갈 수밖에 없겠네요."

"그게 뭔데요?"

나는 아로아가 말리기도 전에 블랙카드를 꺼내 마법을

걸고, 아로아에게 그대로 카드를 건넸다.

"잘 부탁해요."

"지금 뭘 한 거예요?"

아로아가 떨리는 목소리로 물었다.

"아로아에게 **내 모든 능력과 마력을** 넘겨줬어요."

"대가는요?"

"아로아가 내 능력을 지니고 있을 동안 아로아의 마음이 나에게 들리게 해달라고 빌었어요."

아로아는 혼자만 안 보고 버티던 유명한 영화의 반전을 지금 막 알게 된 사람처럼 입을 떡 벌렸다. 아로아가 그런 반응을 보이는 것도 충분히 이해할 수 있었다. 아로아의 마음은 복잡하게 귀여웠고 사랑스럽게 시끄러웠다. *뭐라는 거야 지금 이 사람이? 아악! 미쳤나봐 왜 나한테 그런 마법을, 어떡하지 한시가 급한데, 무슨 수라도 쓰지 않으면. 그건 그렇고 지금 몇시지? 왠지 배고픈데. 아, 배고플 만하겠다 오늘 아침 이후로 아무것도 못 먹었으니까, 어머 나야말로 미쳤나봐 지금 배 좀 고픈 게 대수인가, 이대로 두면 극동마법소녀전진본부에서 마법소녀 테러리즘을*

계속 펼치려 할 텐데……

"미안해요, 돈 안 들고 누군가의 안전을 담보 삼지 않아
도 되는 대가가 이것밖에 떠오르질 않아서."

"사과하지 말아요."

아로아는 조금 화가 난 듯한 얼굴이었고 눈가에 눈물이
그렁그렁 고여 있었지만 나는 아로아가 진심으로 말하고
있다는 것을 알았다. 모를 수가 없었다, 굳이 말로 하지 않
아도 마음으로 외치고 있었으니까.

"내가 마력은 좀 많을지 몰라도 경험은 부족하잖아요.
지금 같은 위급 상황에는 아로아 같은 베테랑이 이 능력
을 적재적소에 사용해주는 게 좋을 것 같아요."

그 말이 맞아. 언제 이렇게 성장했지, 이 사람? 아로아
는 단지 고개를 살짝 끄덕일 뿐이었지만, 속으로 많은 말
을 하고 있다는 것을 나는 알았다.

"그럼 잘 부탁해요."

"네."

짧은 대답을 마지막으로 아로아는 사라졌다. 순간이동
능력을 쓴 걸까? 아니면 나달처럼 육안으로 식별 불가능

한 속도를 갖게 된 걸까? 아로아가 돌아오면 어떤 방식으로 능력을 사용했는지 물어봐야겠다. 배울 게 무척 많겠어, 경험 많고 마법에 대한 직관도 뛰어난 아로아가 내 능력을 직접 사용해본 후라면…… 물론 아로아가 내 능력을 돌려준다면 말이지만.

하지만 아로아가 나를 여기에 두고 영영 떠나버린다고 해도 어쩔 수 없었다. 그건 내 선택에 따른 결과니까. 더 할 수 있는 일도 많지 않았다. 아로아가 보았다는 미래를 믿고, 아로아를 믿으며 기다리는 것밖에는.

아로아가 얼마나 멀리 가버린 것인지는 짐작할 수 없었다. 이제 아로아의 마음은 거의 들리지 않았다. 마음을 들려달라고 할 게 아니라, 알게 해달라고 빌었어야 했는데. 충분히 '들릴' 만한 거리를 훌쩍 벗어나버린 아로아에게선 마음이 잘 전해지지 않았다. 아주아주 집중해서 건져 낸 단 한마디는 이랬다.

우와, 이 능력 존나 편하네.

아로아와 함께여서였는지, 상황이 워낙 급박해서였는지 낮 동안 잊고 있던 갈증이 갑작스레 찾아왔다. 아로아는 배가 고프다고 했었지, 난 목마름이 더 급한 것 같네. 그러고 보니 해는 벌써 저물었고…… 지금이 몇시인지만이라도 알고 싶다. 왜 손목시계도 안 차고 왔을까. 시간. 시간 생각은 그만하자. 시간을 알면 내가 얼마나 기다렸는지도 알고 싶어질 테니까.

그때였다. 눈에 익은 문틀이 허공에 나타난 것은.

"어이, 신입 언니."

문이 열리고 최희진이 건들건들 턱짓을 하며 나왔다.

"듣보잡 하나 때문에 절절매고 있다며? 쪽팔리게."

그 시건방진 낯짝이 이렇게 반가워질 줄이야. 나는 최희진을 얼싸안기라도 하고 싶었지만, 그것으로 끝이 아니었다.

"지금 몇신지 아세요? 아홉십니다, 아홉시. 이 늙은이는 초저녁부터 꾸벅꾸벅 졸고 있었다고요."

볼멘소리를 하며 의장님이 나왔고 그 뒤에서 아로아가 고개를 쏙 내밀었다.

"오래 기다렸죠?"

와줘서 고맙다고 말해요 얼른! 아로아는 산책길에 마주

치곤 하는 작고 흰 개처럼 신이 나 보였다. *기다려줘서 고마워요. 당신 진짜 최고야.*

"깜짝 선물 하나 더."

아직 닫히지 않은 최희진의 문 안에서 아로아의 손을 잡고 나타난 사람은 그야말로 뜻밖의 인물이었다.

"안녕하세요."

"여길 어떻게……"

아로아가 데려온 마지막 지원군은 이미래였다. 시간의 마법소녀 이미래. 주춤주춤 뒷걸음질치는 나를 아로아가 붙들어 세웠다.

"사실은 이미래씨 한명만 데려올 생각이었어요. 속도의 능력은 잘해봐야 시간의 능력의 하위 호환일 뿐이니까. 그런데 생각해보니까 연락 수단이 없는 거예요. 아까 폰 압수당했잖아요. 그래서 일단 떠오르는 대로 배진희씨를 찾아갔어요. 마력 조금 빌려드렸더니 의장님이랑 이미래씨한테 바로 텔레파시 쏘시더라고요. 의장님은 곧장 최희진씨를 호출하셨고요. 이렇게 해서 환상의 올스타 팀 완성."

"결국은 플랜 에이를 실행한 거네요."

"결과적으론 그렇죠. 엄청 빠르게 복귀하긴 했지만."

나는 아로아를 깊이 껴안았다. *엄마야, 이 사람 왜 이래 갑자기! 난 몰라.* 최희진이 바닥에 널브러진 나무 파편을 아무렇게나 걷어차며 지청구를 늘어놓았다.

"연애는 둘이 있을 때 지지든가 볶든가 하시고 일단 가자, 그 허접 얼굴 좀 구경하게."

"알겠어요."

내 품을 벗어난 아로아는 이미래에게 의장님이 만들어준 마력 충전 보조 배터리를 건네주며 경고했다.

"이걸로 헛짓거리하면 가만 안 돼요."

"저 이제 그런 짓 안 한다고 누차 말씀드렸을 텐데요."

이미래는 귀찮다는 투로 말하면서도 보조 배터리를 손에 꼭 쥐었다. 아로아는 위풍당당하게 나의 블랙카드를 꺼내 마법을 시전했다.

"최희진씨가 나달의 현재 위치를 알게 해주세요. 왜냐하면 저는 오늘 오전 아홉시 이후로 물 한방울 못 마셨잖아요."

그런 식의 요청으로도 결제가 이루어질까? 놀랍게도 답

은 **예스**였다. 블랙카드는 아로아의 손가락 사이에서 기꺼이 빛났다. 최희진이 판타스틱 레인보우 룰러로 허공에 문을 그렸다.

"갑시다."

최희진이, 의장님이, 이미래가 차례로 문 안에 발을 들여넣었다. 나는 찰나를 빌어 아로아를 붙들고 속삭였다.

"마지막에 아무 역할도 못해서 미안해요."

"무슨 말이에요, 나한테 힘을 전부 양도해놓고서."

이 사람 때문에 미치겠다 정말. 아로아의 속마음과 소리 내어 하는 말 사이에서 잠시 갈피를 못 잡던 나는 머뭇거리며 한마디를 덧붙였다.

"그래도 뭐라도 더 하고 싶었어요."

왜요? 혹시 나 좋아해요? 뭐야뭐야 나한테 뭐 하나라도 더 해주고 싶다는 말 완전 고백 아니야? 아로아는 (자기 마음이 내게 들린다는 사실을 잊었는지) 생긋 웃으며 고개를 저었다.

"여기 있어준 것만으로 큰 힘이 됐어요, 왜냐면."

"왜냐면?"

"아까 최희진씨가 처음 문을 열 때, 당신이 있는 곳으로 가게 해달라고 빌었거든요."

그 말을 마지막으로 아로아는 문 안으로 건너갔고, 나를 목적지로 삼았다는 말이 어쩐지 벅차서 나는 한동안 우두커니 그 자리에 서 있었다.

마법소녀

빛 갚습니다

"이거, 이거 유명인사란 유명인사는 다 모였네. 내가 지금 파티에라도 온 겁니까?"

　내가 문을 나왔을 즈음에 통성명이 막 끝난 모양이었다. 나달은 이죽거리며 천천히 전마협 소속 마법소녀들(이미래 포함)을 둘러보았다. 우리가 나달을 쫓아 도달한 공간은 본관에 속한 어느 복도인 듯했는데, 워낙 넓은 건물이어서 낮에 나와 아로아가 들어갔던 집회 장소와는 조금 떨어진 곳이라 짐작될 뿐 정확히 어디인지는 알 수 없었다.

　"나달씨에게 승산은 없습니다. 헛된 저항을 멈추고 안

지아씨의 신병을 우리에게 넘기세요."

"어머, 왜요?"

나달은 의장님의 위엄 넘치는 목소리에도 전혀 굴하는 기색 없이, 가슴팍 가운데에 손을 얹고 내숭을 떨며 되물었다.

"지아님이 왜 여러분을 따라가야 하는데요? 여러분이 지아님을 위해 뭘 할 수 있길래?"

"아무 힘도 없는 소녀가 마법소녀 사이비 종교에서 가짜 교주로 착취당하는 걸 그냥 보고만 있을 수는 없어요. 회복할 때까지 우리가 보호하고 지원할 거예요."

아로아가 의장님을 거들고 나서자 나달은 자세를 낮추며 험악한 표정을 지었다.

"보호? 지원? 착각하지 마세요. 걔는 나랑 있는 게 제일 안전해. 너희가 우리에 대해 뭘 안다고 떠들어."

"너, 그렇게 당당한 입장 아니지 않아?"

최희진이 심드렁한 어조로 참전했다.

"만사화학공장 사건 자수나 해, 허접아. 혹시 알아, 조합에서 변호사라도 붙여줄지? 우리 의장 할머니 마음씨가 비단결 같거든."

어른들이 기싸움을 벌이는 사이 이미래가 내 옆구리를
쿡쿡 찔렀다. 나는 흠칫 놀란 기색을 애써 감추며 이미래
를 향해 몸을 기울였다.

"저 사람 좀 이상해요."

"뭐가요?"

"능력이 쾌속인가 뭔가라고 하지 않았어요? 여태 도망
안 치는 것도 이상하고, 부자연스럽게 저 문만 싸고돌고
있잖아요."

확실히 얘가 보통 애는 아니구나. 나는 속으로 혀를 내
둘렀다. 조합 소속 마법소녀들과 입씨름을 벌이는 내내
나달은 태연하게 서성거리는 것처럼 보였지만, 자세히 보
니 이미래가 말한 대로 등 뒤에 있는 문 주변을 벗어나지
않고 있었다. 가진 능력은 속도뿐일 텐데 그 범위를 스스
로 한정하고 있다는 건, 문 너머에 자기 자신보다 중요한
무언가가 있다는 의미였다.

하지만 그걸 안다고 해서 내가 뭘 어쩔 수 있을까. 내 모
든 것을 아로아가 가지고 있는 지금. 이미래는 자기라도

나서서 능력을 행사하고 싶은 눈치였지만, 보조 배터리의 마력이 충분치 않아서인지 외부에서 공급되는 마력을 이용할 요령을 몰라서인지 조약돌을 꼭 쥐고 초조해할 뿐이었다.

아로아.

아로아.

나는 나달을 사이에 두고 나와 반대 방향에 서 있는 아로아의 이름을 속으로 수천번 불렀다. 나만이 아로아의 마음을 들을 수 있고 아로아는 내 마음을 들을 수 없다는 사실이 이렇게 답답할 줄이야. 다음 순간 아로아가 나를 쳐다보았을 때는 이미 수도 없이 마주쳐온 그 눈길이 마치 기적처럼 느껴졌다. 나는 필사적으로 나달의 등 뒤에 있는 문과 아로아를 번갈아 쳐다보았다. *왜 저러는 거지?* 아로아는 몇번인가 나를 따라 눈동자를 굴리다가 마침내 깨달았다는 듯 손을 모았다.

저 문짝은 문 뒤에 있는 사람의 자리에 놓입니다. 그 대신에 원래 그 자리에 있던 사람이 문짝 자리에 서게 해줘요. 이거 맞죠?

간단한 위치 변경 마법이 실행되자 문 뒤에 숨겨져 있던 안지아의 모습이 드러났다. 키는 나달보다 크지만 나달의 뒤에 숨어 덜덜 떨고 있는, 조금도 용감하지 않고 별스러운 곳 하나 없는(깜짝 놀랄 만큼 예쁘다는 것을 빼면) 소녀의 모습이었다. 조금 뒤 떨어져나간 문짝이 방 안에서 쿵 쓰러지는 소리가 났고, 그제야 뒤를 돌아본 나달은 곧바로 안지아를 부둥켜안았다.

"미래씨, 어서!"

바로 그 순간만을 위해 보조 배터리의 미약한 마력을 아껴두었을 이미래는 의장님의 목소리를 신호로 나달에게 능력을 시전했다. 나달은 어느새 안지아를 어깨에 걸머진 채 복도 저만치 멀리에 멈춰 있었다. 이미래가 제때 시간을 멈춘 듯했다. 잠깐이지만 무척 기분이 좋았다. 역시 속도의 능력은 시간의 능력을 이기지 못하는구나. 이미래는 정말이지…… 같은 편이 아니면 정말 무서운 애겠구나. 우리는 헐레벌떡 나달의 위치로 달려갔다.

"얼마나 오래 유지할 수 있을지 모르겠어요."

양손으로 조약돌을 꼭 쥔 이미래가 창백한 얼굴로 헛구

역질을 하며 말했다.

"비켜, 어른들끼리 싸우게 놔두고."

최희진이 나섰다. 최희진은 판타스틱 레인보우 룰러의 리본을 길게 풀어 허공을 향해 빙빙 돌렸다. 마치 올가미를 던지려고 폼을 잡는 카우보이처럼.

"말해두겠는데 이거 그냥 결계야. 나는 저 허접 꽉 잡고 있을 순 없어. 결계 밖으로 못 나가게는 할 수 있지만."

"그건 이걸로 해결할 수 있을 것 같군요."

의장님은 주머니에서 명주실 타래를 하나 꺼내 나달의 몸을 꽁꽁 동여맸다. 조금 후에 이미래가 오랜 잠수를 끝낸 사람처럼 터뜨리듯 숨을 내쉬었고, 그와 동시에 나달이 제자리에 나동그라졌다. 나달의 어깨 위에 힘겹게 걸려 있던 안지아도 바닥으로 떨어졌는데, 떨어지며 어딘가에 부딪힌 듯 이마 한쪽에서 한줄기 피를 처연하게 흘리고 있었다. 뒷짐 지고 묶인 채 바닥에 뺨을 대고 엎드린 자세로 우리 다섯명을 마주한 나달은 짐승처럼 사납게 으르렁거렸지만, 그 상태로는 더 저항할 수 없을 터였다. 그럼에도 나달은 윗몸을 일으켜세우며 악을 썼다.

"말했지, 여기서는 내가 절대 지지 않는다고."

아직도 그런 말이 나올까? 어떻게? 적이지만 놀라운 투지였다. 안지아의 이마에 흐르는 피를 본 나달은 괴성을 내지른 다음 고개를 숙이고 큰 소리로 숨을 골랐다. 후우, 후우, 후우……

"지아야. 부탁해."

나달의 말에 안지아는 손을 모았다. 가짜 마법소녀가 손을 모은다고 될 일일까……? 나는 그렇게 생각했지만, 나를 제외한 다른 마법소녀들에게는 안지아의 기도가 효과를 보이고 있는 듯했다. 제일 먼저 아로아가 무릎을 꿇었고, 그다음은 최희진, 뒤이어 의장님, 이미래마저 털썩 주저앉았다. 최희진은 코에서 흘러나오는 피를 쓱 닦아 털며 불평했다.

"아, 씨, 마법소녀는 한명밖에 없다고 하지 않았어?"

"그랬죠……"

블랙카드를 꼭 쥔 아로아가 창백한 얼굴로 간신히 대답했다.

"보니까 쟤도 마법소녀네."

"네? 그럴 리 없어요. 아무 마력도 느낄 수 없잖아요."

"자기는 깡통이라도 남의 능력 증폭해주거나 감소시키거나…… 뭐 그런 능력인가보지."

최희진은 복도 바닥에 침을 툭 뱉었다. 침에도 피가 가득 섞여 있었다.

"대충 인간 와이파이 같은 거네."

그 말을 마지막으로 최희진은 정신을 잃었다.

이제야 알겠다. 나달이 내비친 자신감의 근거는 안지아에게 있었구나. 자기편의 능력을 강화하고 적대세력의 능력 행사를 방해하는 능력. 안지아의 능력 반경 안에 있는 한 자기보다 빠른 사람은 존재할 수 없고, 그래서 누구에게도 지지 않을 거라 장담할 수 있었던 거였어.

우리 편 마법소녀들이 쓰러진 순서는 잔존 마력의 양과 대략 비례했다. 마력이 전혀 없어 안지아가 발산하는 방해 마력의 영향도 전혀 받지 않는 나를 제외하면 모두가 힘겨워하고 있는 상황이 그 증거였다. 아로아는 부들부들 떨며 정신을 부지하고 있었지만 언제 기절할지(*이것 참 하루에 몇번씩이나 기절해야 하는 거람*) 알 수 없었다.

잠깐의 생각 끝에 나는 아로아 앞에 한쪽 무릎을 접고 앉았다.

"돌려줘요, 내 힘."

"그럴 순 없어요…… 너무 아파요……"

"괜찮으니까 돌려줘요. 내가 해결할게요."

나달을 묶은 의장님의 명주실은 그대로였지만 최희진이 만든 결계는 사라진 상태였다. 안지아는 명주실을 풀려다 포기하고 나달을 부축해 일으켜 복도 반대편으로 걸어가고 있었다. 두 사람이 멀어져가는 속도는 무척 느렸지만 아무도 감히 그들을 잡을 엄두를 내지 못하고 있었다. 흐려져가는 눈으로 계속해서 고개만 젓는 아로아에게 나는 (최대한) 부드럽게 일렀다.

"그거 알아요? 나 아직 아로아 속마음 듣고 있다는 거."

아로아가 눈을 번쩍 떴다.

"내 힘이 욕심나서가 아니라, 내가 아플까봐 걱정돼서라는 거 알아요. 믿어줘요. 정말로 내가 해결할 수 있을 것 같아서 그래요."

아로아는 희미하게 미소 지은 후에 고개를 떨어뜨렸다.

아로아와 나의 손 사이에서 블랙카드가 반짝, 빛을 발했다. 바로 그 순간 신체 강화 때 느꼈던 것처럼 엄청난 힘이 몸으로 밀려들어오는 것이 느껴졌다. 그리고 곧바로 폐를…… 갈비뼈를, 온몸을 찌부러뜨리는 듯한 압력을 느낄 수 있었다. 콧속에서 쇠비린내가 폭발하는 것 같았다. 제대로 숨을 쉴 수도 없었다. 아, 이런 느낌이군…… 나는 단 일초도 버틸 수 없을 것 같다고 느끼면서도 블랙카드를 쥔 손에 힘을 주었다.

부디 들어줘요, 아로아. 오늘 아로아한테 배운 거니까.

"지금 이 자리에 쓰러져 있는 네명의 마법소녀에게 충분한 마력을 불어넣어줘."

양손으로 머리를 감싼 채 괴로워하던 이미래가 나의 주문을 들으며 기절했다. 미안하지만 그런 것을 일일이 신경 쓸 겨를은 없었다. 나는 지체 없이 대가를 제시했다. 꾸물거리다간 또 무엇을 희생하게 될지 알 수 없다는 걸 잘 아니까.

"그 대가로 나달과 안지아가 마법소녀의 힘을 전부 바칠 거야. 지금 당장."

대환의 논리가 성립 가능하다면, 즉 남의 돈으로 남의 돈을 갚는 게 충분히 있을 수 있는 일이라면, 타인의 힘을 거두어 또다른 이들에게 나눠주는 것도 가능하겠지. 사실 나는 더할 나위 없는 확신을 품고 있었다. 왜냐하면 내가 처음으로 발휘한 마법소녀의 능력이 바로 그것이었으니까. 사상 최강의 마법소녀인 이미래에게서 시간의 능력을 거두었을 때, 대가를 제대로 제시하지 못한 탓에 그 막대한 마력이 길을 잃고 산산이 흩어짐과 함께 무고한 마법소녀들의 힘도 공중분해되었지만, 그때 나는 이미 다른 누군가의 힘을 빌려 나의 빚을 갚는 대환의 거래 방식을 체험한 것이었다.

　이번에는 더 자신 있어. 나는 이제 거래에 무엇을 사용할 수 있는지 정확히 알고 있으니까. **나의 능력을 알고 있으니까.**

　그러나 아무리 기다려도 카드는 빛나지 않았다. 결제가…… 승인되지 않은 것이었다.

　왜지?

　어째서지? 대환의 논리에는 빈틈이 없을 텐데. 확신이

컸기에 당혹은 더욱 컸다. 안지아가 내뿜는 방해 에너지가 너무 강해서 내 능력이 먹히지 않는 걸까? 나는 카드를 흔들어보기도 하고 주문의 어순을 바꾸어 읊기도 했지만 카드는 내내 묵묵부답이었다. 몸도 마음도 더는 버틸 수 없을 것처럼 괴로운 순간, 믿었던 나의 능력마저 나를 배신했다는 생각에 눈물이 터질 것 같았다.

"나를 이용해요."

찡그린데다 눈물이 맺혀 일렁거리는 시야에 아로아의 얼굴이 나타났다.

"안지아랑 나달은 우리 편이 아니잖아요. 그 주문을 실행하려면 다른 대주(貸主)가 필요해요."

기절한 줄만 알았던 아로아가 몸을 일으켜 앉으며 힘겹게 말했다. 아로아의 상태가 아까보다 나아진 것에는 의심의 여지가 없었다. 몸 안에 깃들어 있던 막대한 양의 마력이 빠져나와, 안지아의 방해 에너지로부터 받는 영향도 대폭 줄었을 테니까. 그렇지만 자기를 이용하라는 말의 산뜻한 어조와 달리 아로아는 코 한쪽에서 피를 흘리고 있었다.

"어떻게…… 그럴 수는 없어요……"

이론상 아로아의 말이 옳은 것 같았다. 지금껏 내가 나 아닌 다른 사람의 힘을 이용하는 대환의 능력을 사용해본 것은 정확히 두번. 시간의 마법소녀에게 한번, 화학공장 피해자들에게 한번이었다. 두 사례의 공통점은 아마도, 힘을 빌려준 사람들과 나의 뜻이 일치했다는 것. 나 때문에 힘을 잃은 마법소녀들은 나처럼 자기의 모든 힘을 걸고 시간의 마법소녀를 저지하려 했고, 화학공장 피해자들은 정신을 잃기 직전까지 목숨을 건질 수만 있다면 어떤 대가를 치러도 좋다는 생각을 했을 터였다. 대환의 논리로 마법을 사용하려면 나의 뜻에 동의해줄 대주가 필요하다는…… 아로아의 말은 그런 의미일 것이었다.

그렇지만 정말로 아로아의 힘을 빌려도 괜찮을까? 내가 감히…… 아로아를 이용해도 좋은 걸까? 아로아는 뒤늦게야 코피가 흐른다는 것을 알아차린 듯 손등으로 코밑을 쓱 문지르고 씩씩하게 말했다.

"나를 믿어줘요. 내가 당신을 믿는 것처럼."

또렷한 목소리와 흔들림 없는 눈빛. 아로아는 카드를

쥐고 있는 내 양손을 자기의 두 손으로 감쌌다. 나는 피가 묻은 아로아의 손을 잠시(더 시간을 끌기에는 너무 고통스러웠다) 바라본 후에 소원을 말했다.

"안지아와 나달의 마력을 전부 거두어 이곳에 있는 다른 마법소녀들에게 나눠줘. 그 대가는 아로아가 지불할 거야."

그러자 나와 아로아 사이에 사람 얼굴만 한 크기의 계약서가 나타났다. 무지갯빛으로 찬란하게 빛나는 네모 모양의 얄팍한 그 물체에는 아무 글씨도 적혀 있지 않았지만, 나는 보자마자 그것이 계약서임을 알 수 있었다. 아로아도 마찬가지인 것 같았다. 아로아는 코피를 바른 엄지손가락으로 그 위에 지장을 찍었다. 환히 웃으며, 망설임 한점 없이, 도대체 어떤 대가를 지불하려는 건지 내가 묻거나 말릴 틈도 없이.

멀리에서 쿵 소리가 들렸다. 소리가 들린 쪽을 보니 안지아와 나달이 쓰러져 있었다. 전신을 안팎으로 압박하던 통증은 거짓말처럼 사라진 채였다. 나는 아로아와 이미래, 의장님과 최희진에게 금빛 아지랑이 같은 에너지가 일렁이며 주입되는 광경을 멍하니 바라보았다.

"이걸로 빚은 갚아준 셈이겠죠."

아로아가 말했다. 나는 얼떨떨해하며 대꾸했다.

"너무 성대하게 갚은 것 같은데요."

아로아는 대주 계약 전과 후가 조금도 달라 보이지 않아서 마음이 놓였지만, 보이지 않는 어딘가에 엄청난 피해를 입었을 거라 생각하면 불안하기도 했다. 내가 무슨 생각을 하든 아무래도 좋다는 듯 아로아는 그저 환히 웃고 있었다.

그래서 별수 없이 나도 웃었다.

우리 모두의

마법소녀

"솔직히 좀 쪽팔린다니까. 그런 허접 하나 처리 못해서 우르르 몰려갔던 거."

최희진이 기지개를 쭉 켜며 말했다.

"그래도 나 따라온 덕에 보너스 마력 얻었잖아요. 인정할 건 인정해요. 고맙다고 인사도 하고."

아로아의 핀잔에 최희진은 우스꽝스러울 정도로 얼굴을 찌푸리며 손을 내저었다.

"고맙긴 개코가 고마워, 고작 그거 가지고 인건비나 나오겠냐고. 걔네 능력 너무 별 볼 일 없어서 나눠받은 마력도 한, 요 정도? 아니 요 정도? 언니도 그래, 누구 코에 붙이라고 그걸 나눠서 주냐? 나한테 몰아서 줬으면 좀 좋았 겠냐고."

"왜 불똥이 저한테 튀는 거죠."

최희진이 엄지와 검지 사이를 좁히고 좁히며 불평을 늘 어놓자 아로아는 내게 몸을 기울이며 소곤거렸다.

그래도 난 꽤 늘었는데, 마력.

언젠가 아로아가 최희진을 에어컨에, 자기를 형광등에 비유한 적이 있었다. 에어컨을 한시간 돌릴 전력이면 형 광등은 몇날 며칠을 켤 수 있다는, 그러니까 자기 능력에 는 그렇게 큰 마력이 필요 없다는 의미였다.

"난 정말로 고마워요. 마력이 크면 능력을 더 다양하게 응용해볼 수 있거든요."

아로아의 말에 내가 그런가요, 하고 쑥스러워하며 웃자 최희진은 의장실 소파를 펑펑 소리 나게 두드리며 화를 냈다.

"제발! 연애는! 나가서 좀 하라고!"

이미래를 데리고 들어오던 의장님이 놀란 표정으로 주 춤 뒷걸음질을 치셨고 아로아는 검지손가락을 머리 옆에 대고 빙글빙글 돌려 보았다. 이미래가 고개를 숙인 채 큭하고 웃음을 터뜨린 것을 알아차린 사람은 나뿐인 듯했다.

"자, 그러면 비정기 회의 시작하겠습니다. 오늘 스페셜 게스트는 이미래씨."

"왜 쟤는 스페셜 게스트고 나는 그냥 조합원이에요?"

"미래씨가 조합 가입은 아직 좀더 생각해보고 싶다고 해서요."

극동마법소녀전진본부 사태 이후 큰 사건 없이 이주간의 시간이 흘렀다. 조합을 위협하던 몇가지 문제도 대부분 해결되었다. 만사화학공장 유독성 물질 누출 사건이 사고가 아닌 테러에 의한 것이었으며 그 배후가 극동마법소녀전진본부라는 사실이 밝혀지자 전국마법소녀협동조합에 등을 돌렸던 여론이 회복되었고, 비난의 화살은 모두 그 마법소녀 사이비 종교를 향하게 되었다. 한술 더 떠 전마협이 그 추종자들을 해산시켰다는 소식까지 보도되자 전마협의 인기는 극에 달했다. 농반진반 연리지 의장님을 대통령으로 추대해야 한다는 의견이 유튜브 댓글난에서 추천을 수백개씩 받을 정도로.

전마협에 대한 사람들의 호감이 회복되면서 나에 대한 비난 여론도 조금은 수그러든 듯했다. 예를 들어 내가 만사화학공장 사건 피해자들을 장애인으로 만들었다는 비난의 댓글이 달리면, 그 밑으로 그럼 살릴 수 있는 걸 그냥 보고만 있는 게 옳다는 말이냐, 비장애인으로 죽는 게 장애인으로 사는 것보다 낫다는 말이냐 하는 반박 댓글이 여러개 달리는 식이었다. 사실 내가 화학공장 사건 피해자들에게 걸었던 마법은 영구적인 장애를 전제한 게 아니었지만, 그 점을 적극적으로 해명하면 장애는 무조건 나쁜 거라는 인식을 강화할 수도 있을 듯해 어떻게 해야 좋을지 갈피를 잡기 어려웠다. 나는 다만 나를 조금이라도 보호해주고 싶어하는 사람들이 있다는 사실에 만족하기로 했다. 그것만으로도 숨통이 조금 트이는 듯했으니까. 비록 나에게 붙은 희생의 마법소녀라는 불명예스러운 칭호는 그대로였지만.

그건 그렇고 극동 어쩌구는, 예전 이름으로 마법소녀 사유화에 반대하는 모임은 어째서 그런 테러를 자행한 걸까? 구속된 나달을 면회하고 온 최희진의 말에 따르면, 나달도 뚜렷한 이유는 모르는 모양이었다.

"걔는 그냥 바보야. 안지아밖에 모르는 바보."

혹시 최희진의 퉁명스러움 때문에 나달이 일부러 말을 아낀 건 아닐지 조금 의심스럽기는 했지만, 나달이 그다지 깊이 생각하는 타입은 아니라는 평가엔 동의할 수밖에 없었다.

"안지아랑 나달은 무슨 관계인데요?"

이미래가 물었고 최희진이 답했다.

"나달이 안지아 이모야."

"하나도 안 닮았던데."

"나달의 배다른 언니가 낳은 자식이 안지아야. 안지아랑 나달은 이모랑 조카 사이치곤 나이 차이도 별로 안 나. 한 열살 정도. 나달이 한 열일곱, 열여덟 먹었을 때 안지아를 업고 도망쳤대. 애가 너무 심하게 학대를 당해서."

"두 사람 다 그 과정에서 마법소녀로 각성했을 가능성이 있겠네요."

그런 사이라면 서로 각별한 게 당연하겠구나. 나는 아로아가 보호와 지원이라는 말을 입에 올리자 나달이 사납

게 반박하던 것을 떠올렸다. 걔는 나랑 있는 게 가장 안전해. 그렇게 아끼고 예뻐하던 조카를 데리고 사이비 종교 단체에 들어간 이유는 무엇이었을까.

"배가 고팠겠죠. 어쨌든 마법소녀라는 이유로 그럴싸한 대접을 해주는 곳이니까 그곳 사람들이 모두 좋은 사람들이라고 생각했을 테고요. 이용당하는 줄도 모르고, 이용가치 떨어지면 바로 팽 당할 줄도 모르고."

아로아의 조사에 따르면 극동마법…… 본부의 핵심 세력은 따로 있었다. 안지아는 그야말로 얼굴마담으로 내세운 가짜 교주에 불과했고, 총재니 고문이니 하는 직함을 단 윗선이 존재했다. 나이를 오십, 육십씩 먹은 어른들이 열일곱, 스물일곱짜리 여자애들에게 온갖 기행과 악행을 시켜놓고는 뒤로 쏙 빠진 모양새였다.

"그들이 테러를 시도한 이유에 대해선 제가 추측을 좀 해봤습니다."

그때껏 소파 팔걸이에 팔꿈치를 괴고 손으로 관자놀이를 받친 채 비스듬하게 앉아 계시던 의장님이 자세를 고치며 말씀하셨다.

"결과에서부터 역추적을 해보면 의도가 명료해진다고 할까요. 테러의 결과로 전마협이 이미지 훼손을 당했을 뿐 아니라 새로운 마법소녀의 전력도 얼마간 노출되었죠. 전자를 의도한 것인지는 불명확합니다만, 후자는 분명히 노린 것일 겝니다. 대부분의 마법소녀가 힘을 잃은 지금, 자기들에게는 강화의 마법소녀 안지아와 속도의 마법소녀 나달이 있으니 전력을 비교해보고자 했겠지요. 지금이라면 그쪽이 우세할 수도 있다고 생각하고요."

"자기들이 사건을 일으켜놓고 적당히 시간이 흐른 다음 나달을 투입시켜 자작극을 벌이려 한 걸지도 몰라요. 나달의 속도라면 공장 안에 있는 사람들을 꽤 많이 구조할 수 있었을 테니까요."

"일리가 있네요."

아로아가 덧붙인 의견에 의장님은 고개를 끄덕이셨다. 그때 이미래가 손을 들어 발언권을 요청했다(지금껏 정식으로 발언 요청을 한 사람은 아무도 없다는 걸 알 텐데도).

"저는 어제 안지아 면회를 갔다 왔는데요."

안지아는 전마협과 협약을 맺은 요양병원에 비밀리에

입원해 언론의 추적을 피하고 있었다. 의장님은 나이가 비슷한 이미래가 안지아와 말이 통하리라 기대한 모양이었지만, 똑똑하다못해 영악하고 매사에 앞뒤가 철저한 이미래와 철들기 전에 이미 폐쇄적인 종교단체에 들어가 내내 그곳에 갇혀 성장해온 안지아는 달라도 너무 다른 아이들이었다.

"능력을 잃은 것엔 큰 거부감이 없어 보였습니다. 그런 능력이 있었다는 걸 자각도 못하고 있는 상태에 가까웠어요. 능력 사용 방식도 우리 이모 괴롭히지 마! 또는 우리 이모 파이팅! 정도로 단순했던 모양이고요. 어쩌면 능력을 돌려줄 수 있을지도 모른다고 하니까(이미래는 잠깐 내 눈치를 봤고 나는 그 생각이 옳다는 뜻에서 고개를 끄덕여주었다) 왜요?라고 하더라고요. 제 생각에 안지아에게는 능력을 몰수당한 상태가 더 나을 것 같습니다."

"아쉽게 됐군요. 대 마법소녀 전투 상황에선 굉장한 전력이 될 텐데요."

의장님은 생각에 잠긴 듯 맥없이 중얼거린 다음 손을 휘휘 내저으셨다.

"물론, 대 마법소녀 전투 같은 건 다신 없어야 하겠지만요. 만의 하나를 생각한다면 갖춰두어도 좋으리란 의견 정도였습니다. 그밖의 특이사항은요?"

"이모를 무척 보고 싶어했습니다."

"야, 그런 말은 누가 못해."

최희진이 윽박지르자 이미래는 아무렇지 않게 최희진을 한번 흘겨보고("저, 저 싸가지 없는 것 좀 봐!") 덧붙였다.

"휴대폰을 거의 처음 만져보는 것 같았어요. 폰 게임 시켜주니까 엄청 좋아하더라고요. 와이파이만 터지는 공기계라도 갖다주면 아주 뒤집어질 거예요."

"좋은 생각이긴 한데, 자기 이름이 나오는 뉴스를 찾아볼 수도 있잖아요. 충격이 꽤 클 거예요. 조금 시기상조 아닐까요."

이미래의 말에 아로아도 손을 들고 말했다. 의장님은 신중한 표정으로 두 사람을 번갈아보다가 고개를 끄덕이셨다.

"그래요. 그 점은 조금 천천히 생각해봅시다. 그럼 다음."

모두의 눈길이 나에게 모였다. 하지만 나는 사태 이후

아무것도 하지 않았는데…… 괜찮은 방 없는지 살피느라 부동산 앱을 들여다보는 일 말고는.

"저 피시방 잘렸어요."

모두가 응? 하는 표정으로 나를 바라보았다. 자기가 지금 제대로 들은 게 맞는지 귀가 의심스럽다는 듯.

"죄송해요, 그런데 저한텐 정말 중요한 일이고 이것 말곤 달리 드릴 말씀이 없어서. 저랑 아로아가 극동…… 본부 방문한 날이 토요일이었잖아요. 사장님한테 급한 일 때문에 지방에 내려왔다고, 죄송하다고 문자 메시지를 드렸는데 못 보고 주무신 것 같더라고요. 나중에 보니까 부재중 전화가 한 오십통 와 있고 문자로는 쌍욕을 그냥…… 아무튼 무단결근이라고 잘렸고요. 왜 자꾸 이런 일이 일어나는지 모르겠네요. 정말 은퇴하는 게 나으려나?"

분위기가 험악해지려 하기 전에 나는 손을 내저었다. 농담, 농담.

"이제 은퇴한다고는 안 할게요. 저만 할 수 있는 일도 분명 있는 것 같아요, 마법소녀 활동에는. 그래서 그 뭐냐, 앞으로도 열심히 하겠다는 다짐을 했어요. 결론은 그러니까 잘 부탁드린다는 거."

이주 전에 나와 아로아는 빼앗긴 휴대폰을 찾으려고 극
동…… 본부 본관 안을 돌아다니다 나달의 개인 수납장을
발견했다. 거기에는 휴대폰 외에도 여러가지 물건들이 들
어 있었다. 어쩌면 그곳의 간부들이 나달을 사주해 테러
를 시도했다는 증거가 될 수도 있을 법한 잡다한 문서들,
그리고 안지아가 쓴 편지들. 대부분의 수신인은 나달이었
고 내용상으로는 우리 제발 여기서 나가자는 애원이 주를
이루었지만, 가장 최근에 쓴 것으로 보이는 미완의 편지
는 뜻밖의 인물에게 보내려던 것이었다. "희생의 마법소
녀님께." 그 편지는 이렇게 시작되었고 "제발 우리 이모를
지켜주세"라는 미완의 문장으로 끝났다.

나의 엉뚱한 소감 발표에 아로아는 열렬히 박수를 치며
호응했고 최희진과 이미래도 마지못한 기색으로 손을 모
았다. 나는 괜히 쑥스러워 간지러워진 뒷목을 벅벅 긁었
지만, 조금 뿌듯하다는 생각도 하고 있었다.

꼭 마법소녀가 되어야 한다면, 마법소녀 되기를 피치
못한다면…… 기왕 될 거 훌륭한 마법소녀가 되는 게 좋

겠지.

할아버지가 지금의 나를 자랑스러워할 거라는 근거 없는 확신이 들었고, 그 생각을 하자 가슴이 따뜻해지는 것 같았다.

*

"정말 많이 좋아졌네요."

목요일 오전 상담센터에서 만난 배진희 선생님이 말씀하셨다. 한참을 떠들고 보니 심리상담과는 거리가 먼 이야기를 하고 말았다는 생각이 뒤늦게 들었지만, 그 어느 때보다도 개운하고 뿌듯한 마음이었다.

"여전히 사과 남발하는 습관은 못 고쳤는데요."

"아니에요, 많이 나아졌어요. 예전 같았으면 방금 그 타이밍에도 사과를 했을 텐데."

내가 그정도였나. 머쓱했지만 기분이 나쁘지는 않았다. 이번에는 선생님께 사과 대신 제안을 드리고 싶었다.

"어쩌면 제가 선생님 능력을 되찾아드릴 수도 있을 것

같아요. 지금 당장은 어렵겠지만요."

"저는 괜찮아요."

정말로? 정말로 마법소녀의 능력을 사용하지 못해도 괜찮나요? 그런 물음을 담아 쳐다보자 선생님은 부드럽게 웃었다.

"전에도 말씀드렸죠, 마법소녀의 능력이 없기 때문에 할 수 있는 일도 있다고. 저는 지금이 좋아요. 마법소녀들의 마음을 알기보다는 마법소녀들의 마음을 고쳐주는 편이요. 마음의 마법소녀 배진희 말고, 마법소녀들의 멘탈 서포터 배진희로 남고 싶어요."

제일 먼저 든 생각은 그 말이 완전한 진심은 아닐 수도 있다는 것이었다. 그저 내 마음을 편하게 만들어주고 싶다는, 나로선 따라잡을 수 없는 깊은 배려심에서 나온 말인지도 모른다는 생각. 그렇지만 그 말이 진심이든 아니든, 선생님은 정말 어른스럽고 근사하게 말씀하셨고 나는 그 자세를 배우고 싶다는 생각을 했다. 사과도 용서도 전혀 어려워하지 않는 자세. 진정으로 넉넉하고 여유로운 마음을 품은 사람만이 지닐 수 있는 자세.

"주말은 어떻게 보낼 생각이에요?"

선생님은 손목시계를 슬쩍 보고 말씀하셨다. 상담시간이 아직 조금 남았다는 의미인 듯했다. 그거라면 깊이 생각하지 않아도 답할 수 있는 질문이었다. 아로아와 함께 세운 주말 계획이 있었으니까.

"이번 주말에는 만날 사람이 좀 많아요."

"멋진 주말이 되었으면 좋겠네요."

"선생님한테도요."

"어머, 저요?"

선생님은 아주 싱그럽게 웃었다.

"고맙습니다."

고맙다는 말은 미안하다는 말보다 훨씬 듣기 좋은 느낌이 들었다.

상담센터 대기실에서는 아로아가 기다리고 있었다. 바깥은 화창했고 기온은 쾌적했다.

"벌써 가을인가봐요."

"요즘 9월이 무슨 가을인가요. 아직 땡볕인데요, 뭐."

우리는 실없는 소리를 주고받으며 나란히 걸었다. 사실

날씨 따위 말고도 묻고 싶은 건 많았지만 정작 중요한 이야기는 선뜻 입 밖으로 낼 수 없었다. 아로아, 그때 나에게 뭐라고 했었죠? 이 임무가 끝나면 우리 같이 살까요,라고 했던가요…… 아닌데, 이렇게 로맨틱한 말은 아니었던 것 같은데. 아무튼 그 제안이 아직 유효한지 나는 묻고 싶었다. 배진희 선생님은 내가 많이 좋아졌다고 하셨지만, 그런 말을 할 용기는 나지 않는 걸 보면 아직 갈 길이 먼 것 같았다. 내가 실행한 대환의 마법 때문에 아로아의 재산이 꽤 많이 휘발되었다는 점도 민망하고 미안하기는 마찬가지였다. 피해액이 얼마냐고 아무리 물어도 아로아는 "나, 돈 진짜 많아요"라고만 할 뿐이어서 그에 대해선 더 묻기도 어려웠다. 얼마인지도 모를 돈을 한밑천 날려놓고 뻔뻔하게 나를 데리고 살아달라고 해도 괜찮은 걸까? 모르겠군…… 그러고 보면 사람들은 어떻게 서로의 마음을 확인하고 서로를 껴안는 걸까, 그런 사람들은 도대체 얼마나 용감한 걸까……

"무슨 생각을 그렇게 해요?"

"아무것도 아니에요."

아로아의 제안으로 우리는 택시를 탔다. 목적지는 병원이었다. 만날 사람들이 많아 바쁜 주말이 될 거라곤 했지만, 실은 약속 상대 대부분이 같은 병원에 입원한 상태여서 그렇게 오래 걸리지도 않을 일이었다.

자, 이쯤에서 복습.

당신이 지금 후각을 사용하지 못하는 이유는, 내가 당신을 살리기 위해 건 교환의 마법 때문입니다. 그 대신 나는 당신을 살렸고 그건 전혀 잘못된 일이 아니지만, 그 과정에서 내가 일으킨 실수는 당신에게 상당한 손해를 입혔습니다.

그래요, 실수. 나는 그것을 실수라고 부르고 싶습니다. 그리고 의도치 않은 실수에도 사과는 필요하다고 생각해서 당신을 찾아왔습니다.

미안합니다.

당신이 내 사과를 원치 않는다고 해도 이해합니다. 만약 그렇다면, 당신이 나의 사과를 받아줄 때까지 용서를 빌지는 않겠습니다. 그건 당신과 나를 피차 괴롭게 만들 뿐일 테니까요.

하지만 만일 당신이 내 사과를 받아준다면, 당신에게 나를 용서할 용의가 있다면, 나는 당신에게 다시 한번 마법을 걸 수도 있습니다. 이미 나는 마법으로 당신의 감각기관을 마비시킨 적이 있으니 나를 믿지 못한대도 이해하겠습니다. 그러나 당신이 원한다면 기꺼이 후각을 회복하는 마법을 걸고 싶습니다. 내 능력에는 언제나 대가가 따르기 때문에, 그 대가로 무엇을 사용해야 할지에 대해서는 대화가 필요하겠지만요.

긴 이야기를 들어주셔서 감사합니다. 어떻게 하고 싶으세요?

나는 병실 문 앞에 선 채로 심호흡을 하고 또 했다. 첫번째로 방문할 곳은 가장 오랜 시간, 무려 일주일이나 혼수상태에 빠져 있던 피해자의 병실이었다. 거의 칠백일에 이르는 시간 동안 어떤 냄새도 맡지 못할 사람.

"준비됐어요?"

아로아의 말에 나는 고개를 끄덕였다. 그러고도 두어번은 더 숨을 고른 후에야 문을 열 수 있었다.

힘주어 열어젖힌 병실 문 너머에서 가장 먼저 눈에 띈

것은 채광이 넉넉한 창문이었고, 그로부터 쏟아져들어오는 가을볕에 압도된 나는 하려던 말을 몽땅 잊은 채 그 자리에 한동안 서 있었다.

마법소녀, 죽지도 않고

또 왔네.

또 써버렸네, 마법소녀 소설을.

자주 듣는 질문: 요즘 어떤 작업을 하고 있나요?

최근 나는 당연히: 마법소녀 2탄을 쓰고 있다고 답함
(2탄이라는 말의 살짝 촌스러운 어감이 마음에 든다).

자연스럽게 이어지는 질문: 아, 그거요! 원래부터 속편
을 쓸 계획이었나요?

물론 경장편소설 한권으로 끝내기에는 아쉽다는 생각

을 했다. 보여주고 싶고, 보여줄 수 있는 이야기가 얼마든 더 나올 수 있는 세계관이니까. 그런데 처음부터 이렇게 쓸 생각이었냐 하면…… 그건 잘 모르겠다. 2탄을 쓰게 된다면 주인공을 반지하 방에서 탈출시켜주고 싶었고 1탄에 이어 기후 재난 이야기도 더 하고 싶었다. 좀더 하고 싶은 이야기들에 집중하다보니 미처 챙기지 못한 부분들이 많다.

시리즈물을 쓰는 게 얼마나 어려운 일인지 톡톡히 배웠다. 전작의 설정을 고스란히 유지하면서, 전작을 경유하지 않은 독자들도 충분히 이해할 수 있게 하면서, 전작만큼 혹은 전작보다 재미있는 이야기를 써야 한다는 것은…… 코끼리를 타고 불타는 고리를 통과하면서 김치볶음밥을 만들어야 하는 느낌? 엄살이 심하다고 해도 좋다. 어쨌든 나는 해냈고(적어도 그렇게 생각하고) 이 성취를 만끽하고 싶다. 성취감은 시리즈에 대한 나의 애정과도 긴밀하게 연결되어 있다.

1탄 작가 노트에서 나는 이 책의 고료로 마법소녀 아이템을 몇점 샀다고 밝혔다. 한편 이 작품을 쓸 때 나는 주인 공처럼 반지하에 살았다. 1탄이 출간된 해 생일에 기분을 내고 싶어서 호텔에 묵었는데 다음 날 집에 와보니 베란다에 물이 차 있었다. 2022년 8월 8일은 서울에 손에 꼽히게 큰 비가 내린 날이었다.

행인들이 함부로 침범하지 못하게 촘촘히 또 단단히 세워둔 베란다 쇠창살 그림자 아래에서 나는 우선 내가 수집한 마법소녀 아이템들이 무사한지를 확인했다. 너무나 갖고 싶어서, 매물이 워낙 희소해 당장 손에 넣지 못하면 다시는 못 구할 것 같아서 무턱대고 사들였지만 둘 곳이 마땅치 않아 상자에 넣고 베란다에 보관하던 수집품들. 언젠가 좋은 집에 살게 되면 가장 좋은 자리에 두고 감상해야지, 그런 생각을 하게 했던…… 즉 나에게는 언제나 좋은 집의 환유로 기능했으나, 내 집에서 가장 위험한 공간에 머물던 물건들.

비가 오면 물에 잠기는 집에 살던 내가 부린 터무니없는 사치.

사치……

　나는 항상 내가 경제적인 감각이 조금 떨어지는 편이라 생각했다. 이는 거의 객관적인 사실일 것이다. 나는 힘들게 벌어들인 돈을 장난감 사는 데 써버린다. 반지하 방에 살며 리볼빙 빚 때문에 끙끙거리는 사람, 그건 나의 모습이기도 했다. 스물아홉은 내가 첫 장편소설을 쓰던 때의 나이이다. 나는 주인공이 나라는 주장을 하려는 게 아니다. 그러나 나는 주인공이다. 비슷한 곤경을 겪었던 모든 이들과 함께 나도 주인공이 된다. 문명 최초로 등장한 부모보다 가난한 세대로서 기후 재난의 오늘날을 살아가는 우리 모두에게 주인공의 자격이 있다……

　또 세대론이냐? 그렇게 됐군요. 여하간 세대론적으로 접근하면 나는 크게 사치하고 있는 게 아닌 듯도 하다. 옛말에 개처럼 벌어 정승처럼 쓴다고 했지. 우리 세대는 쥐꼬리만큼 벌어 사람처럼 쓰려 할 뿐이라고 느낀다. 그저 사람만큼 소비하고 싶은 것이다, 사람만큼…… 가끔은 생존과 무관하지만 그냥 내가 좋아하기 때문에, 내가 그렇게 쓰고 싶으니까 부리는 단순한 사치.

경험한바 사치는 인간을 인간답게 하는 개념이다. 예술의 시작이 다름 아닌 잉여였음을 생각하면 그건 당연한 일이다. 나는 현재의 처지 때문에, 이를테면 가난 때문에, 누군가의 시선과 사회적 위신 때문에, 또는 지금이 적절한 시기가 아니라는 생각 때문에 자기의 기호를 포기하지 않는 태도에 품위가 깃든다고 믿는다. 사치는 예술이 아니지만 예술은 사치다. 이런 관점에서라면 하물며 나의 생업도 사치에 연루되어 있다. 예술이 인류 문명의 사치라면 문학도 그 예외일 수 없으니까. 누군가 바쁜 일상 속에서 시간과 돈을 소비해 내 책을 읽어주는 덕에 나는 먹고 살고, 남는 돈으로는 생일에 호텔에서 묵고 마법소녀 아이템을 살 수 있는 거다.

그래, 사치는 교환되는 것.

당신의 사치가 나의 사치를 가능하게 하며 나는 내 사치의 기록을 당신이 소비할 사치로 재생산한다. 기부, 수집, 덕질, 멋 부리기, 어떤 형태의 사치라도 그렇다. 우리의 사치는 교환된다.

참고로 1탄인 『마법소녀 은퇴합니다』는 지금까지 내가 쓴 작품 중 가장 큰 돈을 벌어다준 책이다. 나는 주인공을 등 뒤에 남겨두고 지상으로 이사했다. 이 책만의 공로라고 할 수는 없지만(나는 일을 정말 많이 한다, 1탄과 2탄 사이에 나온 출간 목록을 살펴보면 알 것이다) 이 책의 지분이 가장 큰 건 확실하다. 리볼빙 빚은 다 갚았는데 그 수십배에 달하는 전세 보증금 빚이 생겼다. 그래도 그 이자를 건사할 능력이 있다고 판단되었기에 대출이 승인된 것이겠지. 그렇게 생각하면 나는 이 시리즈에, 이름을 비워둔 나의 마법소녀 주인공에게 빚이 있는 셈이다.

제목을 놓고 오랫동안 여러 사람이 고민했다. 교환합니다, 상환합니다, 대환합니다, (환장합니다) 복귀합니다…… '복직합니다'는 편집부에서 제안해준 제목이다. 주인공의 마법소녀 능력을 표현한 '교환'과 시리즈물의 성격을 고려한 '복귀' 사이에서 고민하다 '교환합니다'를 가제로 써서 보냈는데, 편집부에서 이건 어떠세요? 하며 보내온 제목. 그 말을 보자 '해고는 살인이다'라는 구호가 떠올랐다. 나에게 복직은 은퇴보다는 해고와 상대되는 말이라서. 해고가 살인이라면 복직은 활인(活人)이다.

복직의 복(復) 자는 회복의 복, 복수의 복과 같다. 2탄에 잘 어울리는 제목이라고 생각한다. 2탄을 쓸 수 있게 된 것도 일종의 복직이라 생각하면 마음이 벅차다. 이러니저러니 해도 나는 나의 일을 사랑하는 것 같다. 이 일이 코끼리를 업고 불타는 굴렁쇠를 굴리며 김치를 담그는 것처럼 느껴질 때조차도.

이 사랑을 내가 가진 마법소녀의 능력이라 해도 좋겠다.

2024년 가을 서울에서

박서련